ISBN 978-1-334-62870-2
PIBN 10766597

1 MONTH OF
FREE
READING

at
www.ForgottenBooks.com

By purchasing this book you are eligible for one month membership to ForgottenBooks.com, giving you unlimited access to our entire collection of over 1,000,000 titles via our web site and mobile apps.

To claim your free month visit: www.forgottenbooks.com/free766597

English
Français
Deutsche
Italiano
Español
Português

www.forgottenbooks.com

Mythology Photography **Fiction**
Fishing Christianity **Art** Cooking
Essays Buddhism Freemasonry
Medicine **Biology** Music **Ancient**
Egypt Evolution Carpentry Physics
Dance Geology **Mathematics** Fitness
Shakespeare **Folklore** Yoga Marketing
Confidence Immortality Biographies
Poetry **Psychology** Witchcraft
Electronics Chemistry History **Law**
Accounting **Philosophy** Anthropology
Alchemy Drama Quantum Mechanics
Atheism Sexual Health **Ancient History**
Entrepreneurship Languages Sport
Paleontology Needlework Islam
Metaphysics Investment Archaeology
Parenting Statistics Criminology
Motivational

PAUL FÉVAL

Corbeille d'Histoires

SEULE ÉDITION REVUE ET CORRIGÉE

ALBIN MICHEL, ÉDITEUR
PARIS, 22, RUE HUYGHENS, 22, PARIS

Corbeille d'Histoires

LA MER A BOIRE

Pendant que je publiais mon premier livre chrétien (LES ETAPES D'UNE CONVERSION), la bonté de Dieu inclina vers mon travail nombre de suffrages illustres. Je n'en citerai ici qu'un seul : le grand écrivain catholique, notre maître à tous, Louis Veuillot, cédant au mouvement de son cœur, me tendit, dans une lettre admirablement émue, la main qui a écrit tant de chefs-d'œuvre et m'appela son ami. Le post-scriptum de la lettre m'ouvrait avec une grâce charmante la partie littéraire de l'Univers, dont l'éminent directeur confirma, peu de jours après, l'invitation de son frère.

J'aurais voulu en profiter tout de suite, mais diverses circonstances, entre autres la publication de mon opuscule, intitulé JÉSUITES! mirent obstacle à mon empressement, et ce fut seulement au retour de mon voyage d'études au Mont-Saint-Michel que je pus adresser à

M. Eugène Veuillot la légende qu'on va lire et qui tien-
dra lieu d'avant-propos à notre nouveau volume.

Je la donne ici telle qu'elle fut insérée dans le
journal :

Monsieur et cher directeur,

Je viens d'accomplir mon pèlerinage au Mont-Saint-Michel, d'où j'ai rapporté beaucoup de consolations et un petit panier d'histoires. Si vous voulez, je vous en donnerai le dessus, et cette lettre servira de préface à mon livre au cas où le petit panier vaudrait assez pour qu'on en pût tirer un livre. Je l'appellerai la *Corbeille d'Histoires*, quoique ce ne soient point des fleurs.

C'est presque mon pays, là-bas, puisque toute la côte bretonne, de la rive gauche du Couesnon aux derniers écueils de la baie de Cancale, regarde et admire la maison de l'archange, debout comme une reine sur son piédestal de merveilles.

Au temps de ma jeunesse, quand je courais, chasseur ou simple fantassin, marchant pour marcher et insatiable de mouvement, dans les tranquilles campagnes d'Ille-et-Vilaine, je voyais de partout, entre Saint-Malo et Fougères, l'église géante qu'on me disait être en Normandie, bien loin, et que je connaissais sans l'avoir jamais approchée. Ceci n'est point exagéré : j'en savais par cœur tous les détails si nettement que l'humble église paroissiale du bourg voisin m'était à peine plus familière.

Je devrais éprouver quelque honte à le dire, je n'avais pas très grande envie de la voir en dedans; il me semblait que rien ne pouvait être comparable à ce qu'on en voyait de chez nous. Il m'est arrivé parfois, en effet, depuis lors, d'ouvrir des écrins splendides

contenant un vulgaire bijou. Que mettre là-dedans qui
pût être digne de l'enveloppe? et n'eût-il pas fallu, au
contraire, enchâsser dans une grandeur plus grande
la beauté de ce miraculeux chef-d'œuvre?

Vous voyez que j'étais, il y a longtemps déjà, un
amoureux de la Merveille. Que de fois j'ai contemplé
pendant des heures ces pierres que l'art a faites précieuses à l'égal de l'or, découpant l'infinie hardiesse
de leurs profils sur le ciel clair des matinées d'été! Je
l'aimais au point d'en être jaloux. Il me paraissait
fâcheux et peu équitable que nous autres, gens de Bretagne, nous la vissions toujours ainsi sans la posséder
jamais, et quand, au bout de tant d'années, j'ai gravi
enfin, dans l'hiver de mes jours, avec une émotion
respectueuse, la rampe du beffroi dont les marches ont
l'air d'escalader le mystère et la nuit, mon cœur a
battu puissamment, comme il battrait à l'aspect des rois
de mon enfance que je retrouverais tout à coup victorieux et tutélaires, assis au plus haut de leur trône,
après le mauvais rêve de toute ma vie qui les a pleurés
en exil.

Dans la basilique, ce fut un autre réveil ; j'avais
encore plein les oreilles, après une journée de chemin
de fer, la clameur fatigante et confuse de Paris qui
s'amuse, c'est-à-dire qui essaie avec découragement de
vaincre l'ennui monotone de son blasphème, et voilà
que je respirais là, tout à coup, le silence cordial qui
tombe des siècles de vaillance suspendus à ces voûtes.
Qu'elle est vaste et qu'elle est profonde l'éloquence des
temps qui ne sont plus que gloire! Le chœur muet
chantait l'hymne qui s'entend à travers les âges. J'é-
coutais descendre du passé le long de ces muscles de
granit, tendus et ordonnés comme les cordes d'une

harpe, ces harmonies oubliées qui trempaient jadis l'âme des peuples aux époques où les peuples bâtissaient leurs cathédrales en marbre et leurs trocadéros en planches; la voix de la religion me parlait de fidélité et de patrie; je me sentais ressusciter au sein même de notre histoire, que le mensonge du progrès a bafouée, et je voyais l'éclair brandi par la main de l'ange terrasser les dragons, tout écaillé de pasquinades, dont l'horrible sarcasme mêle un éclat de rire au hoquet de notre agonie.

Et je sortis, après ma prière faite, sur la terrasse du parvis, pour voir du haut du logis de Saint-Michel, comme d'un balcon, le pays d'où je regardais Saint-Michel autrefois. Ah! je la reconnais bien ma vieille Bretagne, étendant ses bras de Pontorson aux îles. Enfant, je ne m'étais pas trompé, c'est nous, les Bretons, qui voyons le mieux Saint-Michel, et quand Saint-Michel muse au sommet de ses tours pour regarder la gloire de l'Océan, sa ceinture, c'est nous qu'il voit, la Bretagne prosternée à l'horizon devant lui.

Les pèlerins, il est vrai, n'arrivent que par la Normandie, et par la Normandie seulement le Mont tient à la terre ferme; le Mont est normand depuis la trahison du Couesnon, dont la naïade infidèle coupa au plus court un soir de fatigue pour s'endormir de meilleure heure dans la mer. L'abbé Manet, le savant monographe des grèves, dont mon enfance put recueillir encore la parole originale, si pleine de souvenirs, suspectait cette nymphe bourbeuse et accusait formellement le rivage neustrien d'avoir soudoyé sa fredaine. L'abbé était un Celte entêté : il disait que les fils de Rollon, si grands sur la carte du monde, depuis surtout qu'ils s'appellent des Anglais, sont sujets à mettre en ligne de bataille des écus plus volontiers encore que des soldats, et il proposait de chiffrer par livres sterling, schellings et pence, le bilan universel de leur chevalerie. Il rêvait du Mont-Saint-Michel et n'était pas éloigné de s'en croire propriétaire; des vieilles gens existent encore qui se souviennent de l'avoir vu rôder tout alentour, comme les exilés se rapprochent instinctivement de la patrie.

J'ai fréquenté, en ce temps-là, d'autres historiens de la royale abbaye : Maximilien Raoul, et surtout Fulgence Girard, le doux et le modeste, nourrissant des illusions enfantines à l'endroit de la démocratie, mais si ardemment catholique! En outre, mon frère aîné, champion déclaré des théories géologiques de l'abbé Manet, était aussi 'un soupirant de la Merveille. Il avait dans sa bibliothèque, assez riche et supérieurement choisie, trois monstrueux cahiers, extraits du Cartulaire même, des copies de dom Huynes et de Thomas Le Roy, plus un manuscrit bijou, contenant l'épopée romane de Guillaume de Saint-Pair. Je passais mes vacances d'écolier chez lui à parler du Mont-Saint-Michel, avec les hommes et avec les livres. Je ne sais pas si je ferai moi-même sur ce miracle de l'art chrétien au moyen âge quelque chose qui mérite le nom de livre (1); j'en ai un désir fervent et déjà ancien; c'est un peu une question de force. J'ai peur.

Mais aujourd'hui, je suis dans mon élément, puisqu'il ne s'agit que d'historiettes. Et justement, le jour de mon arrivée au Mont, pendant que je regardais du haut de la terrasse les campagnes de l'ancien évêché de Dol, sillonnées en tous sens par mes promenades d'autrefois, il me revint un souvenir très frappant de

_____

(1) J'ai achevé depuis lors et publié *Les Merveilles du Mont-Saint-Michel.*

ce digne vieillard, l'abbé Manet, puits de science non
filtrée, dont l'érudition un peu conjecturale, cadastrait
tranquillement le fond de la mer de Cherrueix à la
pointe de Carolles et de Tombelaine aux îles Chaussey,
quand il ne poussait pas plus loin. Il possédait sur le
bout du doigt toute sa forêt de Scissy, taillis et futaies;
il ne voulait point qu'on l'appelât Quokelunde, nom
forgé, selon lui, et très mal forgé par les troubadours.
Ces grands bois submergés étaient bien vraiment son
domaine, et il se fâchait quand quelqu'un s'y promenait en même temps que lui. Il était sûrement poète,
doué d'une invention abondante, dont il amalgamait,
sans trop de scrupule, les produits avec l'énorme masse
de choses qu'il avait trouvées, soit dans les parche
mins, soit en fouillant la tradition populaire. Il écri
vait à la toise, c'est certain, et d'un style diffus, comme
presque tous les gens atteints de cette cholérine chro-
nique, la funeste « facilité »; on le lisait avec quelque
peine, mais j'ai connu peu d'hommes plus charmants
à suivre quand il se lançait, la bride sur le cou, dans
les vagabondages de sa dissertation parlée. Comme il
savait tout et qu'il imaginait le reste, jamais je ne l'ai
vu manquer de quelque légende gracieuse ou touchante pour renouer son écheveau, si le fil s'en rom-
pait.

Je lui ai déjà emprunté bien des récits épars dans
mes romans. Celui qui va suivre a été dit par moi,
voici tout au plus deux semaines, aux bons Pères du
Mont-Saint-Michel, sur leur terrasse, à l'heure de la
récréation, pendant que je leur montrais à perte de vue
le coin du pays breton où le cher vieux prêtre, chemi-
nant avec ses cheveux gris au vent, nous avait raconté
la même histoire.

Nous allions à pied le long de la digue de Dol, lui, mon frère et moi, et il était en train de nous prouver jusqu'à l'évidence, qu'au temps de l'enfance de saint Aubert, l'illustre fondateur du premier sanctuaire de Saint-Michel, la forêt de Chezé (Scissy), avait eu déjà plusieurs lieues carrées de ses coupes envahies par la mer, qui prenait goût à dévorer les côtes de la Bretagne et de la Normandie.

— C'était, nous disait-il, le commencement d'un de ces flux séculaires qui déplacent périodiquement çà et là les bornes des Océans. Il semblerait qu'aujourd'hui cette marée se retire avec lenteur. Vous voyez déjà des chaumes et des pommiers dans nos plaines de Dol, où les vaisseaux jetaient l'ancre sous Philippe-Auguste. Nos neveux iront sans doute à pied sec à Jersey, comme l'ont fait jadis leurs ancêtres. On s'en étonnera, mais c'est tout naturel.

Le Mont-Saint-Michel était alors en plein bois, Tombelaine aussi, et à deux lieues en avant de Caroles, il y avait, à la place où roule maintenant la grande mer, deux tumbles ou *tumuli* presque semblables à Tombelaine et au Mont, bien boisés comme eux de beaux chênes alentour, et qui se nommaient le Tumble et le Petit-Tumble. On avait vu là des druides et des prêtresses, puis des anachorètes; pour le moment, il n'y avait plus rien, parce que la mer gagnait visiblement et qu'elle faisait déjà le tour des deux Tumbles, en marée. Les derniers habitants étaient deux pêcheurs qui répugnaient à s'en aller à cause du grain cousidérable qu'ils faisaient, affranchis de toute concurrence, rien qu'à piquer leurs mailles, à marée basse, au pied du Petit-Tumble où ils demeuraient.

Ils étaient veufs tous les deux et avaient chacun un

petit enfant. L'un s'appelait Paul et l'autre Pierre, depuis que l'ermite les avait baptisés. Ils n'étaient méchants ni l'un ni l'autre; mais, tandis que Paul faisait son dur métier avec résignation, Pierre se plaignait du soleil brûlant et de la pluie froide. Son désir était d'amasser vite un gros sac d'écus pour fuir les périls de la mer et s'en aller en terre ferme, avec ceux des villes, jouir du plaisir qui passe.

Cependant l'eau gagnait tous les jours un peu de ce que la terre perdait; à la place de la riante vallée, plantée de grands chênes, qui séparait naguère les deux Tumbles, c'était une grève que les marées couvraient et dont les sables, desséchés par le soleil durant la morte-eau, se soulevaient en tourbillons dès que le vent d'ouest soufflait. La côte semblait s'éloigner peu à peu et l'espace grandir entre les deux monts voisins, qui n'étaient plus que de pauvres îlots de verdure au milieu des tangues arides; et encore à chaque poussée de pleine ou de nouvelle lune, un rang, deux rangs, trois rangs de grands arbres se déracinaient, emportés par le flot.

Paul et Pierre avaient été obligés déjà plusieurs fois de remonter leurs cabanes. Paul voulait partir, mais Pierre s'y refusait parce que la pêche allait à miracle. Tous les mois, les marchands de Saint-Pair (lieu où Granville fut bâtie depuis) venaient en bateau prendre leur poisson salé et laissaient de bon argent en échange, avec de la viande et du pain. Pierre disait en comptant son pécule :

— Nous avons le temps devant nous.

Et Paul cédait, parce qu'il croyait bien aussi que jamais l'eau ne démolirait un si solide amas de pierre et de terre.

Il arriva que le dernier ermite du grand Tumble, qui avait cherché refuge devers Carolles dès longtemps, vint voir un jour ceux qu'il avait baptisés et fut étonné du changement qui s'était fait autour d'eux.

— C'est tenter Dieu que de rester en pareil danger, leur dit-il; prenez ce qui est à vous, mettez vos innocents sur vos épaules et venez-vous-en avec moi.

Paul voulait bien, Pierre résista encore, et l'ermite s'en fut tout seul; mais le lendemain, la grande marée emporta les deux cabanes. Pour le coup, Pierre eut peur, et ce fut lui qui dit :

— Partons!

Et l'on se mit à faire les paquets tout de suite.

Ce n'est pas qu'ils eussent de grands biens, mais Pierre fut du temps à plier bagages, parce qu'il n'entendait rien abandonner. Il voulait emporter tout, jusqu'à sa cruche et à son restant de sel.

Le soleil était déjà haut quand ils se mirent en route, ayant chacun leur petit sur le dos, un sac d'argent d'une main, un bâton de l'autre, et Pierre, en plus, chargé comme un mulet de tous ses ustensiles de ménage. Le moment était favorable : la mer avait fui si loin qu'on ne la voyait seulement plus.

Au bout de quelques pas, Pierre dit à Paul :

— Tu vas trop vite. Pourquoi tant nous presser? Deux lieues, ce n'est pas la mer à boire!

— Deux lieues de forêt, c'est juste, répondit Paul; mais deux lieues de grèves! Ecoute, tu es trop chargé, tes pieds enfoncent.

— Bah! bah! fit Pierre. Le fait est que la route n'est pas bonne; la tangue tremble comme si c'était une croûte au-dessus d'une grande cave; mais j'ai le jarret solide et le cœur content, car nous allons mener brave vie avec notre argent là-bas.

Et il répéta joyeusement : « Ce n'est pas la mer à boire! » puis se mit à chanter.

On marcha un quart d'heure encore. Pierre ne chantait déjà plus. Il déposa son sac d'argent sur le sable pour s'essuyer le front, et dit avec un soupir :

— La côte a l'air de s'éloigner de nous à mesure que nous allons.

— Avançons, répondit Paul, la mer est loin encore, mais elle monte, car je l'entends ronfler.

Ils se retournèrent pour mesurer la route parcourue, et ils virent les deux Tumbles comme deux petits bouquets de bois au milieu des sables énormes. Le soleil était de feu sur leurs têtes, et, pour s'être arrêté seulement une minute, Pierre avait de la tangue jusque par-dessus les chevilles de ses pieds.

— Marche! lui cria Paul, qui l'avait devancé.

— Tu ne te fais pas idée, répliqua Pierre, comme mon petit est lourd!

— Le tien pas plus que le mien. Marche!

Pierre marcha. En marchant, et pour s'alléger, il lâchait de temps en temps quelque bribe de son bien. Ce fut d'abord sa marmite, puis un ustensile de pêche, puis un vêtement de rechange; mais il avait voulu trop porter au début, et la fatigue le tenait. On ne voyait point encore la mer, mais on l'entendait de mieux en mieux, et le vent se levait. Paul dit :

— Voilà un vent qui est bien tourné pour rafraîchir nos fronts; cependant, hâtons-nous. Ce vent est mauvais aussi, puisqu'il nous annonce le flot.

— Mon frère, repartit Pierre, déjà loin par derrière, attends-moi; je suis bien las!

Il avait tout jeté petit à petit, sauf l'argent et l'enfant. Paul l'attendit. Lui aussi avait de la sueur aux tempes. C'était un rude chemin, où les pieds enfonçaient à chaque pas. Quand Paul et Pierre se rejoignirent, ils regardèrent encore derrière eux. Entre les deux Tumbles, la marée arrivait, brillante comme un miroir, sous les rayons de midi.

— Il faut courir, dit Pierre le premier, mais cet enfant m'écrase!

Et il jeta l'enfant pour prendre sa course. Le petit s'éveilla par sa chute et tendit ses bras en pleurant. Paul, qui venait le second, courant aussi (car il ne s'agissait plus de tarder, la marée glissait au soleil comme une lame de cristal sur le gris mat et ondé des grèves), ramassa l'enfant de Pierre sans s'arrêter.

Comme il continuait de courir, il crut entendre une voix qui disait à son compagnon, séparé de lui par une cinquantaine de pas : C'est la mer à boire!

Il regarda de tous ses yeux et ne vit personne; seulement, un bruit se fit, comme si le pas d'un cheval au petit trot frappait le sol, mais de cheval, point.

Paul portait donc à ce moment-là les deux enfants et le sac où était son argent. Pierre, lui, n'avait que son argent, et il courait bien depuis que rien ne le gênait. Paul, accablé de sa triple charge, avait peine à le suivre.

— Fais comme moi, lui cria Pierre, débarrasse-toi!

— Vraiment, oui! répliqua Paul. Tu as raison, je vais suivre ton conseil. Mais si nous trottons, la mer galope, m'est avis que nous avons plus besoin de bonnes œuvres que d'écus!

Et il lâcha son sac, où l'argent sonna en tombant. Pierre l'entendit.

— Me le donnes-tu? s'écrla-t-il en revenant sur ses pas, sans craindre sa peine cette fois.

— Que Dieu ait pitié de nous! répondit Paul. Je te le donne, et me voilà qui ai deux fils : le tien et le mien.

— Marché fait, dit Pierre en s'emparant du sac tombé.

Et ils allèrent désormais en silence du plus vite qu'ils pouvaient, car, pour le coup, le flot les gagnait; ils allaient, Pierre avec les deux sacs, Paul avec les deux enfants.

Et entre eux, à l'improviste, ils virent qu'un beau jeune homme, revêtu d'une cuirasse dont les mailles étaient d'or, chevauchait. Naguère, ils avaient entendu le pas du cheval invisible frapper le sable, et c'était bien sûr le beau jeune homme, invisible aussi, qui avait dit dans le vent : « C'est la mer à boire! »

Pierre et Paul, qui sentaient déjà le flot monter sous leurs pieds, s'écrièrent en même temps:

— Puissant! tirez-nous de peine!

Sans être sorcier, on pouvait reconnaître ce jeune homme-là pour un ange, quoiqu'il n'eût point ses ailes avec lui.

A ce sujet, voici ce qui se raconte de l'autre côté du Couesnon. L'archange saint Michel caressait dès ce temps-là l'idée d'avoir un sanctuaire dédié à son glorieux nom sur les rivages qui regardent la Bretagne, et il parcourait tout uniment la côte, ce jour-là, pour en choisir l'emplacement. Il avait penché un instant pour les deux Tumbles, plantés devant l'éperon de Carolles, mais quand il les vit si près d'être noyés, il chercha plus loin, et il était en route pour l'autre Tumble, le grand, le glorieux, celui qui devait être le

Mont-Saint-Michel et que vous voyez d'ici ombrager
de sa Merveille, unique au monde, l'humble chapelle
de son bienheureux fondateur, saint Aubert.

Le jeune guerrier chemina quelques instants entre
les deux pauvres malheureux, dont la dernière heure
s'écoulait dans ce grand éblouissement du ciel et de la
mer : le soleil sur leur tête au ciel, le soleil sous leurs
pieds dans le flot, miroir mortel, et le soleil encore
dans les mille facettes de la cotte de mailles de l'archange. Ils chancelèrent bien des fois avant de tomber.
Ils tombèrent enfin et l'eau les couvrit :

— Puissant! tirez-nous du péril de la mer!

Jamais on ne l'implore en vain. L'ange de Dieu se
pencha pour prendre d'une main le manteau de Paul,
de l'autre le manteau de Piere, qui flottaient à l'endroit
où les deux compagnons avaient disparu.

L'ange était fort. Sa main droite ramena Paul avec
les deux enfants qu'il tenait dans ses bras, et il les mit
devant lui, à l'abri; mais sa main gauche n'attira que
le pan déchiré du manteau de Pierre, que le poids des
deux sacs d'argent retint au fond de la mer.

C'était la MER A BOIRE.

Le cheval du guerrier, s'élevant tout à coup au-dessus du flot, galopa vers le rivage, en effleurant à peine
dans sa course les diamants qui sont à la crête des
vagues. Le guerrier atteignit ainsi ce qui restait de la
forêt et continua de chercher jusqu'à ce qu'il eût
trouvé les deux autres Tumbles, qui sont en avant de
la ville d'Avranches, à savoir le petit mont Tumbelène
et le grand Mont promis à cette gloire de porter le
nom de l'Epée du Seigneur. Là s'arrêta le voyage de
l'archange.

Et l'archange dit :

— C'est ici le *Mont-Saint-Michel*, que je trouve au milieu des forêts et que je mettrai au milieu des grèves. Si Dieu le veut, par l'intercession de sa Mère Immaculée, j'élèverai sur ce rocher une basilique, où mon glaive, flamboyant à la droite de l'autel, jusqu'à la fin des jours, protégera le pieux pays de France sur la terre et sur la mer.

Il y eut, pour entendre cela, Paul le pêcheur, son petit enfant et l'orphelin qu'il avait acheté de Pierre. Le fondateur prédestiné, Aubert, vivait bien près de là, en la seigneurie de Genest, mais ne connaissait pas encore la vocation qui devait illustrer sa vie. Elle ne se fit point attendre, car, avant de mourir, Paul travailla aux murailles de la collégiale, et ses enfants, prêtres tous les deux, chantèrent la messe dans le premier sanctuaire consacré à l'archange saint Michel, en l'an 710, par le bienheureux évêque d'Avranches, saint Aubert.

On se rend au Mont-Saint-Michel par la ligne de Paris à Brest en faisant coude à Vitré, respectable petite ville bretonne que Mme la marquise de Sévigné a illustrée rien qu'en y venant toucher les fermages de sa terre des Rochers. Vous figurez-vous la cataracte d'épithètes étonnées qui eût jailli de sa plume si, au lieu d'apprendre seulement la tardive folie de Mademoiselle, Sévigné avait vu un jour, de ses yeux, passer sous sa fenêtre, en foudre, ce monstrueux dragon qui s'appelle un train express, et respiré la noire haleine qu'il vomit, et entendu le terrible râle de ses poumons? Le bel étang de Paintourteau, qui baignait les domaines de la tout aimable marquise, mis à sec et rempli d'adjectifs, n'aurait point fourni de quoi peindre, cette fois, ses légitimes stupeurs.

Son carrosse roulait, dit-on, une semaine entière pour venir de Versailles aux Rochers, mais la délicate et chère causerie abrégeait la route; nous autres, nous ne mettons plus que six heures pour faire le même trajet, et nous arrivons abêtis par la fatigue et l'ennui. Dans nos prisons capitonnées, véritables obus où l'on s'enferme pour être bombardé de ville à ville, le silence est un bienfait; toute voix qui s'y élève dénonce la présence d'un politiqueur intempérant, à moins qu'elle n'inaugure l'effrontée bavarderie des sans-gêne nomades, pourvus de vivres alliacés et ouvrant d'heure en heure à des appétits toujours en train leurs garde-manger qui recèlent l'asphyxie.

En quittant Paris, je croyais trouver dans mon compartiment encombré les cinquante mille visiteurs quotidiens de l'Exposition du Champ-de-Mars, encore frémissants d'enthousiasme et prêts à pourfendre les malintentionnés qui ne placent pas les deux tuyaux de poêle du Trocadéro au-dessus des tours de Notre-Dame: mais l'Exposition n'était pas là : je ne sais pas comment elle s'en va. Comment elle vient, je l'ignore aussi, car, à mon retour, je ne l'ai pas non plus rencontrée. Mes rares compagnons de voyage l'avaient peut-être trop vue et s'étaient donné le mot pour n'en parler point.

A quelque 200 kilomètres de Paris, au Mans, notre wagon fut tout à coup envahi par une troupe d'enfants joyeux, qui sortaient de la distribution des prix des Pères jésuites et s'envolaient en vacances. Que de gibier tué en espérance, que de poissons pris! Chacun d'eux, l'année précédente, avait dépeuplé sa terre natale de truites, de lièvres et de perdrix, et, quoiqu'il n'en restât plus du tout, le gai bataillon se promettait un massacre encore plus abondant cette année.

Ces enfants étaient bons et ils étaient enfants, ce qui devient rare. A Vitré, je me séparai d'eux, non sans regret, pour chercher, à la sueur de mon front, ce qu'on appelle pompeusement « la gare » de Fougères. C'est un vrai monument d'intérêt local, bâti pour un chemin de fer en pantoufles, sans façon, à la bonne franquette. On mettrait deux fois la « salle d'attente » dans une de nos baraques d'omnibus. Cela va tout de même, cahin caha; une fois lancée, la chose trottine sur une étroite voie qui trace des paraphes dans un pays charmant, en plein champ, au milieu des haies, dont les branches fleuries caressent les voitures. On pourrait cueillir un bouquet de chèvrefeuille par les portières.

Le train s'arrête partout avec plaisir et boit un coup à chaque arrêt, comme les anciens conducteurs de diligences; je crois même qu'il revient sur ses pas pour ramasser les voyageurs attardés; les vaches riveraines se mettent au balcon sur les talus et les regardent passer avec leurs gros yeux bienveillants; il est du pays tout à fait et même de la paroisse; c'est le coche de nos pères auquel on a attelé la vapeur.

En franchissant le premier tunnel, car il y a des tunnels, en raccourci comme tout le reste, j'entendis des voix allègres s'élever, et un chant retentit qui me sembla être un cantique. Comme j'étais seul, je ne pus m'informer, mais je devinai que nous emportions un pèlerinage. A la station suivante, je descendis (on a toujours le temps sur cette route-là) et je me promenai le long des wagons, dont deux étaient pleins et remarquablement animés. L'un était de troisième classe, l'autre de seconde. Ce dernier contenait quelques dames, beaucoup de paysannes, et, dans l'un de ses compartiments, d'où s'échappait le bruit d'une conversation bien nourrie, je vis un chapeau à fleurs, des coiffes, une soutane, un uniforme et une tête d'enfant, toute rayonnante de cheveux blonds. Elle était jolie comme un cœur, cette petite fille, et le commandant de chasseurs qui la tenait sur ses genoux avait une franche et brave figure de soldat. Au moment où je passais, cherchant à voir le profil du prêtre qui avait le dos tourné à la portière, la petite fille demanda, en zézeyant, comme les enfants gâtés :

— Est-ce qu'on va voir l'Oisanze?

— Sûrement, répondit sa mère, si tu es sage.

— Mademoiselle Lily, dit le prêtre, tu fatigues le commandant, viens avec moi.

— D'abord, répliqua l'enfant, tonton François est content de m'avoir, pas vrai, parrain? Ensuite, je ne veux pas aller avec toi, monsieur le recteur, parce que tu ne crois jamais aux histoires.

Entre Vitré et Fougères, tonton veut dire mon oncle et recteur signifie curé. Le commandant mit son bras autour du cou de mademoiselle Lily comme pour protester contre l'insinuation du curé qui eut un bon sourire et dit :

— Que tu sois sage ou non, Lily, la rivière, tu la verras, parce qu'elle ne change pas de place; mais le bel oiseau de toutes couleurs et l'ange d'or, je n'en réponds pas, car je passe ici bien souvent et je ne les ai pas encore vus. D'ailleurs, le joli ruisseau, tributaire du Couesnon, dont le nom, mal prononcé, semble avoir fourni la légende, ne s'est jamais appelé l'Oisange, mais bien l'Oysance avec un y.

— Tu vois bien! s'écria Lily sérieusement chagrinée, que tu ne te corrigeras jamais!

Et de fait, tonton recteur avait prononcé son discours de ce ton précis, net et légèrement doctoral particulier aux personnes qui ne croient pas aux « histoires », ou du moins qui demandent aux récits légendaires de nos campagnes une précision, une authenticité que ces traditions naïves ne peuvent assurément avoir. J'étais déjà de l'avis de mademoiselle Lily contre lui, quand il se retourna par hasard, me montrant la figure connue d'un vieux et cher ami de ma famille bretonne. Nous nous appelâmes en même temps par nos noms. Il se trouvait là au milieu des siens, ayant été nommé curé dans sa ville natale, gros bourg voisin de la Normandie.

La mère de mademoiselle Lily était sa sœur et le commandant, tonton François, était son frère. On m'offrit l'hospitalité dans le wagon quoiqu'il fût plein, et j'acceptai quoique le mien fût vide, ce qui est le comble du mérite pour un wagon, à condition qu'on me dirait par le menu l'histoire de l'Oisange et que mon respectable ami le curé s'abstiendrait, au cours du récit, de toute objection étymologique, critique ou sceptique. Ne vous étonnez pas si nous prenions nos arrangements à notre aise : le train de Vitré au Mont-Saint-Michel ne se presse jamais.

J'eus le temps d'être présenté en détail à toute la famille : trois dames, deux messieurs, deux fermières favorites et l'enfant. Le train n'avait pas encore démarré que l'histoire était déjà commencée. Le commandant avait dit à sa filleule : « Pars du pied gauche, mademoiselle Lily! » et la charmante petite fille, les mains croisées sur ses genoux, le regard braqué sur moi bien en face, un peu de rose au front, mais pas plus déconcertée que si elle eût dit sa prière, *était partie.*

— Il y avait donc la petite Louison, me dit mademoiselle Lily, car c'est pour toi, monsieur, l'histoire; tout le monde de chez nous le sait bien. Le papa de Louison avait nom Toine et tirait de la tangue pour engrais devers Pontorson de Normandie; sa maman était Toinette à la hotte, qui allait pêcher des coques, jambes nues, jusque sous le Mont. Nous autres, on y va aujourd'hui au Mont, mais c'est par pèlerinage promis, pour que saint Michel archange reçoive mon grand frère à l'examen de Saint-Cyr, et bonne santé avoir tout le monde à la maison.

Voilà que le papa Toine, avec le temps, devint vieux, vieux, et la maman Toinette vieille, vielle, et ne purent plus aller. On vendit la brouette à tangue. La hotte qu'on ne pouvait vendre pourrit dans le coin où le croc se rouillait. Il n'y avait plus que Louison pour travailler; elle gagnait cinq sous par jour à brocher (tricoter) des gilets de laine. A trois on ne mange pas gras avec cinq sous, non, et il est défendu de tricoter le dimanche.

Louison avait quinze ans bientôt, qui est l'âge d'entrer en place quand on est pour servir. Elle était jolie tout à fait, et vous n'auriez jamais dit, à la voir si rose, que souvent, ah! souvent, elle jeûnait.

La papa Toine et la maman Toinette l'aimaient plus que la prunelle de leurs yeux, et pourtant, par un soir qu'elle s'était endormie sur son tricot, le bonhomme

se mit à soupirer si gros, que la bonne femme en
pleura et lui dit :

— Toine, mon mari, je sais de quoi tu penses.

— Ah! oui, vraiment, tu le sais, not' femme, répondit le papa, puisque tu pleures...

Elle était si gentille, mademoiselle Lily, en débitant
cela d'une voix clairette comme un son d'or qui tinte,
que le commandant François l'attira brusquement
contre sa poitrine et baisa ses cheveux. Je crus voir
une larme dans le sourire du brave soldat. Mon ami
le curé me dit à l'oreille :

— Le pèlerinage, c'est pour elle.

La mère, une bonne dame entre deux âges, à la
physionomie simple et douce, regardait l'enfant d'un
air attendri. Je remarquai alors que mademoiselle Lily,
rayonnante de fraîcheur au premier aspect, avait un
cercle d'ombre autour de ses yeux rieurs et deux taches
d'incarnat plus vif aux pommettes de ses joues, frap-
pées comme des pommes d'api. Elle ne s'était point
arrêtée et poursuivait, ravie de l'attention que je lui
prêtais :

— Voilà donc qui est comme ça : c'est vrai que les
pauvres vieux avaient la même idée, qui était d'en-
voyer Louison en ville pour gagner sa vie et aider
leurs derniers jours.

— Alors, dit la maman, que son cœur étouffait,
parle avec elle, mon Toine.

— Non fait, répondit le papa, c'est à toi à lui dire
la chose.

— Tu es le père!

— Tu es la mère!

— Jamais je n'aurai le courage!

— Et moi, donc!

De fil en aiguille personne ne voulut céder. C'était trop difficile. Quand j'aurai mes quinze ans, s'il fallait me mettre à m'en aller jamais, tu ne pourrais me dire : Va-t'en, pas vrai, mère? (Elle eut un baiser.) Si bien que les deux vieux s'endormirent sans avoir parlé.

La nuit, ils s'éveillèrent plus d'une fois par le chagrin qu'ils avaient, et ils crurent entendre qu'on sanglotait dans la cabane; mais le mari pensa que c'était sa femme, et la femme que c'était son mari.

Quand ils se levèrent au jour, ils trouvèrent Louison tout habillée dans ses habits du dimanche et portant un paquet au bout d'un petit bâton, comme font les jeunes gars qui partent pour leur tour de France. Elle souriait bien doucement.

— A vous revoir mieux portants, mon père et ma mère, dit-elle, je vous prie de me donner votre bénédiction.

Et elle se mit à genoux, joignant ses belles petites mains, avec deux grosses larmes qui coulaient dans les fossettes de ses joues. Toine et Toinette la regardaient sans trouver quoi dire.

— Alors, fit enfin la bonne femme, ce qu'on entendait plaindre dans la nuit, c'était toi.

— Point, point, répondit Louison, je n'ai du tout de peine. La bonne Vierge me gardera, saint Michel aussi, et de voir du pays, quel bonheur!

Si vous saviez comme sa pauvre douce voix tremblait!

— Et tu nous écoutais donc hier au soir, quand nous parlions? Tu ne dormais pas?

— Ceci et ça, mon bon cher père : pour une demie, je dormais; pour le reste, entendais : par quoi j'ai ouï ce qui fallait pour y voir clair dans vous, pauvres âmes.

Bénissez-moi bien comme il faut, au nom de Notre-Seigneur Jésus, fils de Marie sans péché. Notre archange me montrera où mettre le pied le long de la route, car je n'ai jamais regardé sa maison sainte en haut du Mont sans dire : « Bonjour à vous, force de Dieu, priez pour nous tretous! »

Elle s'était tournée vers l'abbaye, dont le soleil levant touchait les tours et qui sortait de la brume comme un grand bijou fait avec tout l'or du monde, que la terre tendrait en offrande vers le ciel... C'est tonton recteur qui dit la chose comme ça, ou approchant, ai-je bien répété?... Dame!

Le curé lui caressa la joue.

— Bon! fit-elle, ça suffit, tu es le seul à ne pas me gâter... Louison, ayant donc fini, baissa la tête; les deux vieux la bénirent et la voilà en route, en disant :

— A vous revoir! à vous revoir!

Mais ne croyez pas que c'est tout. Toine et Toinette, étourdis un moment, se retrouvèrent et coururent au dehors.

— Eh! Louison! attends donc!

— Ecoute un petit, ma Louisette!

— Tu ne t'arrêteras pas à Pontorson...

— Tu iras toujours devant toi jusqu'à Antrain de Bretagne.

— Rudes gens, par là!

— Mais bonnes gens!

— Agenouille-toi à la croix de Moidrey où est la petite niche de Notre-Dame des Allants...

Ce fut la mère qui dit cela, et le père :

— Si tu rencontres mauvaises personnes, traînards ou mal voulants, tiens bon ta crosse!

— Et appelle le prince des anges, ma fillette... Saint Michel, défendez-nous!

— Est-il Dieu possible qu'on n'ait pas seulement un liard marqué à lui mettre dans sa pochette! Avec quoi va-t-elle manger en chemin?

Louison entendit, car elle s'arrêta, au moment de tourner le coude de la route, pour montrer le pain de son déjeuner qu'elle portait sous son bras. Avant de disparaître derrière la haie, elle envoya un baiser qu'elle souffla dans le creux de sa main.

— Bien du bonheur, chérie, demande ta route, passé Pontorson!

— La grâce de Dieu avec toi, tu n'as rien à donner aux pauvres; mais garde une miette de ton pain pour l'oiseau de toutes couleurs qui perche sur la branche de Pontchêne, où tu traverseras la rivière, en avant de la ville d'Antrain.

On ne voyait plus Louison, mais elle entendait encore; sa voix, à travers la haie, arriva, disant :

— A vous revoir, mes chers cœurs, à vous revoir!

Et les deux bonnes gens rentrèrent dans la maisonnette, qui leur sembla trop grande parce que l'enfant n'y était plus...

Pendant ce premier chapitre de l'histoire, nous avions passé Fougères, où les pèlerins de l'autre wagon, tout un peuple de braves paysans avec leurs enfants et leurs ménagères, étaient venus dire bonjour à mademoiselle Lily par la portière. C'était une petite suzeraine tout à fait. Chacun voulait voir comment allait « notre mignonne demoiselle, » et, Dieu merci, notre mignonne demoiselle allait comme un charme. Le commandant donna la pièce blanche pour ceux qui avaient soif, et ils avaient tous soif. Le temps ne manquait point pour boire « une verrée » de cidre ou même « une potée. » Le long de ce railway patriarcal, les voyageurs pourraient faire leur partie de piquet à chaque buvette. J'ouvris l'avis qu'on fît descendre mademoiselle Lily pour la promener un peu sur le quai, mais tout le monde prit un air d'embarras, excepté Lily elle-même, qui me dit avec son joli sourire :

— Nous allons demander plus d'une grâce à l'archange de Dieu, tu sais, monsieur. L'examen de mon grand frère, c'est le principal, sûrement; mais ce n'est pas par caprice que je suis sur les genoux de tonton François comme un bébé. J'ai quelque chose dans les jambes; depuis l'été dernier, je ne sais plus me tenir debout.

Le curé me serra la main furtivement, et la mère attira Lily sur son cœur, pendant que l'œil du commandant devenait humide.

— Cela reviendra, reprit mademoiselle Lily, que j'aimais vraiment de tout mon cœur; je n'ai pas encore l'âge d'être infirme, pas vrai? et il faut prier d'abord pour Auguste, qui est plus pressé.

Le curé me dit :

— Auguste, c'est le grand frère; pas trop bon sujet, malheureusement.

Nos voyageurs de 3ᵉ classe sortaient en tumulte de la buvette, et ne chantaient pas les louanges du cidre du chemin de fer, qui n'était, selon eux, ni « fort de pommes, » ni « droit dans son goût. »

— C'est du normand, disait une vénérable ménagère, qui semblait s'y connaître à fond; du normand de la Normandie, quoi!

Et elle ajoutait avec une conviction toute patriotique :

— N'y a que la Bertaigne pour bertaigner le cid'-vrai-cid' et le monde-bon-monde, v'là qu'est sûr!

— Tais-toi, la Gotel lui cria Lily en la menaçant du doigt, Saint-Michel est en Normandie!

— C'est la faute du Couesnon, dit le curé : une rivière qui déménage. Le Mont était breton comme tout ce qui est bon, mais sa naïade se laissa enjôler par un maire d'Avranches, à une époque que les historiens n'ont point précisée : le troubadour a dit :

> « Li Couesnon a faict folie,
> Si est li mont de Normandie. »

Sur ce, le chef de gare prononça un solennel « quand vous voudrez! » et notre train, après avoir hésité gravement, se balançant et se tâtant à toutes les jointures, lança un cri poussif et reprit son allure de haquenée.

Mademoiselle Lily attendait avec impatience cet instant pour continuer son histoire : elle la savait si bien! Elle nous dit comment Louison-Louisette arriva au bourg de Moidrey, où passe justement ce perfide Couesnon, qui vola la huitième merveille du monde à la Bretagne, comme quoi elle fit sa dévotion à Notre-Dame des Allants, et comme quoi aussi, par après, rencontrant un chevalier sur la route de Pontorson, elle se mit à deux genoux dans la poudre et lui barra passage juste le temps de réciter le « Notre Père » et le « Je vous salue, Marie, » tout au long. Elle avait son idée.

— Pour qui pries-tu, jolie? lui demanda le chevalier.

— Doux seigneur, répondit-elle, je prie pour le bien de vous.

— Et tu veux l'aumône en échange?

— Oui, sûrement, si votre cœur généreux consent à me la faire.

— Ouvre ta main et tends-la.

Louison, au lieu d'obéir, répondit :

— Ce n'est pas à moi qu'il faut donner, monseigueur.

— Et à qui donc?

— Allez droit votre chemin; passé le bourg de Moidrey, devers les grèves, vous trouverez une pauvre cabane où l'on pleure; vous descendrez de votre beau cheval, vous entrerez et vous direz en donnant votre charité : « Père Toine et mère Toinette, voici ce que votre petite fille vous envoie. »

Le chevalier se mit à rire, c'était un bon enfant.

— Ils coûtent cher ton *Pater* et ton *Ave*, ma jolie, dit-il; donner ce n'est rien, mais changer ma route! Je né vais pas de ce côté-là.

— Je dois donc ajouter autre chose par-dessus le marché, pour votre peine, reprit Louison, qui se mit à dire bien dévotement le « Souvenez-vous, ô très pieuse Vierge Marie! »

Et quand elle eut fini, elle se releva disant :

— Voilà pour le bonheur de ceux que vous aimez. Bon voyage! apprenez aux bonnes gens que je n'ai ni faim, ni soif, ni fatigue, et que mon chanteau de pain me reste tout entier... Attendez! je vous promets encore une dizaine de mon chapelet, si vous voulez les embrasser de ma part.

Et s'en alla égrenant les perles de bois de sa dizaine avec fidélité.

Je passe d'autres rencontres prêtées par mademoiselle Lily à Louison, qui cheminait avec son petit paquet et son chapelet. Ainsi en fut-il jusqu'aux envi-

rons de Pontorson où, la voyant aller si modeste, deux
écoliers fous, qui cherchaient fredaines, se moquèrent
d'elle en prononçant de mauvaises paroles, car écoliers à l'école ne font pas toujours bien, mais écoliers
aux buissons font mal toujours. Un bon prêtre la bénit,
une belle dame lui sourit, un païen bossu, borgne et
boiteux, lui jeta des pierres parce qu'elle n'avait point
de bosse, qu'elle marchait droit et que ses deux grands
yeux bleus imploraient le Père qui est au ciel.

— Tous les méchants qui vivent de haine, fit observer ici mademoiselle Lily avec gravité, ne sont pas
ainsi bossus par dehors, ni boiteux ni borgnes appa-
remment, mais ils portent leurs infirmités dans leurs
âmes et jettent toujours des pierres aux vertus d'au-
trui. Louison dit une dizaine pour le païen, comme
elle avait fait pour le chevalier, et vous saurez qu'il
faut prier surtout pour les borgnes persécuteurs, pour
les bourreaux boiteux et pour les bossus qui lapident.
Tonton recteur me l'a dit, et il ne se laisse pourtant
pas marcher sur le pied, non!... Si tout le monde rit,
c'est donc que je ne sais pas bien mon histoire?...

M. le curé tira une belle image de son bréviaire et la
lui tendit en riant plus fort que les autres.

— Tu sais ton histoire comme un cœur, mademoiselle Lily, dit-il, mais écoute-moi bien : je prie, en
effet, pour ceux qui me marchent sur le pied, car ils en
ont grand besoin, mais je ne les encourage pas *devant
le monde*, parce que c'est d'un mauvais exemple...
Voilà l'Oisance, tiens, regarde!

— L'Oisange! rectifia Lily. Et la manière même dont
elle prononçait ce nom (*l'Oisanze*) indiquait comment
l'Oisange avait pu glisser jusqu'à l'Oisance sur les
pentes de l'usage et du temps pour désigner l'étroit

filet d'eau qui coulait tantôt à droite, tantôt à gauche de la voie, traversant des paysages un peu rétrécis, mais véritablement enchantés. Le commandant François décida :

— Il y a l'Oysance sur la carte de l'état-major, mais on prononcera l'Oisange jusqu'à la fin de l'histoire.

— C'est bon, dit Lily, mais l'histoire finira avant que nous soyons au Mont-Saint-Michel, et vous croyez que l'ange écoutera votre prière si vous volez son nom au ruisseau qu'il aimait? C'est l'Oisange, ou bien il n'y a pas d'histoire... Y est-on? Je continue : Vers les neuf heures avant midi, Louison vit venir sur la route une carriole traînée par un cheval maigre et portant une marchande bien grasse. Un chien hargneux suivait, vaguant devant et derrière, la tête entre ses pattes et la langue pendante; il voulut mordre Louisette. Ceci était indifférent à la marchande, puisque la chose n'aidait ni ne gênait son commerce; mais une idée lui vint tout à coup, et elle appela son vilain chien.

— Normand! ici, Normand, à bas! Laissez tranquille cette innocente!

Et arrêtant le cheval maigre, elle prit un air aimable pour dire à Louison :

— Mon cher trésor, où allez-vous?

— A la ville d'Antrain, répondit la fillette. Bonjour, madame.

— Bonjour, ma perle. Qui vous attire ainsi en la ville d'Antrain?

— J'y vais chercher condition pour gagner ma vie.

— Voyez-vous ça! Aimeriez-vous entrer en brave maison où il y a peu d'ouvrage et beaucoup de plaisir?

— Oh! oui, madame, sûrement.

— Agréable logis, grasse table, honnêtes habits,

maîtresse bonne comme bon pain; des beignets le dimanche et dix deniers rennais dans votre pochette à la fin de chaque mois?

— Sûrement, sûrement, sûrement, répéta Louisette émerveillée, j'aimerais bien cela, mais qui me le donnera?

— Ce sera moi, ma petite chatte, et remerciez votre bon ange qui vous a mise sur mon chemin. Allez toujours en vous promenant, passez l'eau au Pontchêne, montez la montée qui roque jusqu'à Antrain où je demeure, et demandez ma boutique au premier venu quand vous serez en ville.

— La boutique de qui, s'il vous plaît?

— La boutique de la vraie bonne personne qui vend du fil, des aiguilles, de la toile, de la vaisselle, du foin, du grain, des petits couteaux, de la dentelle, du lard salé et du poisson frais du Mont, que je vais quérir présentement à la grève pour mes pratiques, mignonne... Hue, Grigou!

Ainsi s'appelait le cheval maigre, qui se remit en marche, précédé du chien hargneux, et la marchande, cahotant, s'en alla à ses affaires.

Bien contente était Louison, ai-je besoin de le dire, et remerciait saint Michel. En trottinant sur le chemin, elle apprenait sa leçon pour être bien sûre de trouver la boutique où si doucement on vivait : bonne personne qui vend du fil, des aiguilles, disait-elle, des petits couteaux, de la vaisselle et de la dentelle... quoi encore? du grain, du foin, du lard salé, de la toile et du poisson frais. Va bien!

Le temps se mangeait, cependant, et la route s'avalait. Louison ne se pressait pas, mais elle arriva tout de même au Pontchêne, qui était un tronc jeté en travers sur le ruisseau, avec une branche morte qui servait de balustrade aux venants et de perchoir à l'oiseau de toutes couleurs. Le papa et la maman lui avaient dit cela d'avance au logis. Or, Louison s'occupait beaucoup de l'oiseau. C'est à peine si elle avait écorné son chanteau de pain en le grignotant un petit peu par le bout. Bien qu'elle commençât à avoir durement faim, elle l'avait gardé tout pour déjeuner avec l'oiseau en lui donnant des miettes, c'était son idée. Aussi regarda-t-elle vivement sur la branche morte, puis tout alentour, mais d'oiseau il n'y en avait nulle part, pas plus que là ni ailleurs.

Alors Louison se dit :

— Tant pis pour lui, c'est de sa faute, je déjeunerai toute seule.

Et s'assit sur le pont, les jambes pendantes au-dessus de l'eau bien commodément. Tirant donc son pain, elle allait se mettre à manger, quand un son de cloche tomba du haut de la montagne où est la ville d'Antrain. Louison avait déjà le bec ouvert, mais elle le referma sans y rien mettre, et sautant sur ses pieds, elle s'agenouilla dévotement pour réciter son *Angelus*, comme c'était le devoir, car la cloche avait tinté les douze coups de midi.

Et pendant qu'elle disait la bénie prière qui raconte si bellement la visite de l'ange, l'humilité de Marie, servante du Seigneur, et le saint mystère de l'incarnation qui s'ensuivit, elle sentit *quelqu'un* sur son épaule.

Ah! certes, elle voulut voir qui c'était; mais elle eut beau tourner son cou, elle ne put. Cependant, comme de juste, elle se doutait bien que c'était l'oiseau de toutes couleurs, et en effet, au moment où elle disait « le Verbe fut fait chair, » celui qui était sur son épaule s'élança pour voltiger, planant au-dessus d'elle, et chanta comme font les alouettes en triomphe.

— Il prie aussi, se dit Louisette.

Sûr, sûr que c'était l'oiseau; mais Louisette ne put encore le voir, parce qu'il voletait à pic entre elle et le soleil de midi dont les rayons brûlaient.

Elle crut apercevoir seulement dans la lumière éblouissante un doux visage d'adolescent qui la regardait en souriant, et pensa : je suis folle! D'autant qu'au même moment, les légères petites pattes de l'oiseau posèrent de nouveau sur son épaule, il ne devait pas être plus gros qu'une mésange. Louison se démanchait le cou pour voir toutes les couleurs qu'il avait. Pendant qu'elle regardait à gauche, l'oiseau percha sur son épaule droite; elle se retourna et voilà l'oiseau sur son autre épaule.

— Ah! tu joues à cache-cache avec moi! dit-elle, attends!

Et mettant des miettes dans sa main, elle les tendit devers l'épaule où était l'oiseau, qui se mit tout de suite à becqueter; mais rien ne servit à Louisette de tortiller son cou ni d'écarquiller les yeux, elle ne voyait pas même la petite pointe de son petit bec.

— Attends! attends!

Elle n'était point malavisée, vous allez voir. Prenant son temps, elle se pencha sur la branche morte et regarda dans l'eau, qui était tranquille au-dessous d'elle et polie comme un miroir.

— Comme en un miroir je m'y verrai, pensa-t-elle, et avec moi l'oiseau de toutes couleurs, qui sera bien attrapé!

Et, en effet, elle se vit clairement et nettement,

comme en un miroir : ses grands cheveux bouclés que
le vent de la marche avait ébouriffés sous sa coiffe montoise, son minois curieux et son doux sourire d'enfant,
mais l'oiseau? Eh bien! il n'y avait point d'oiseau, à
moins que ces grandes, grandes ailes éployées... Tu me
croiras si tu veux, monsieur, me dit ici mademoiselle
Lily, ce n'étaient pas des ailes de bouvreuil, ni de
rouge-gorge, ni de merle, ni de pinson, ni d'aucune
bête volante qu'on rencontre dans les champs. Il aurait
fallu cent ailes de bouvreuil et mille aussi pour faire
une de ces ailes-là dont les plumes étaient en duvet
d'or fin, sablé de poussière de diamant qu'on voyait
poudroyer à travers une pluie de feuilles de roses, fon-
dues en brouillard joli, et ces ailes étendues couvraient
Louisette comme une voûte de claire ombre, et entre
elles deux, juste derrière la tête de Louison, un peu
au-dessus de son sourire, un autre visage souriait,
plus beau qu'on n'en a jamais vu, avec des cheveux
qui ondoyaient autour comme des flammes couchées;
et tout cela était transparent, les ailes, le visage, la
chevelure, si bien qu'on mirait le bleu du ciel au travers. C'est vrai, va, tonton recteur lui-même n'ose
pas dire non!

Voyant cela, Louison fut si étonnée et peut-être eut
si grand'peur, qu'elle en oublia le danger de l'endroit où elle était suspendue au-dessus du précipice;
elle se rejeta en arrière et serait tombée à l'eau comme
un plomb si quelque chose ne l'eût appuyée plus
doucement et douillettement que le dossier d'une
bonne bergère.

Quelle chose? ce n'était pas toujours le parapet,
car au Pontchêne il n'y en avait point.

Etait-ce le sourire qui avait des ailes d'or? L'his-

toire ne le dit pas, elle fait comme l'oiseau, elle joue
à cache-cache, mais moi, je sais bien qu'en penser.

Louison baisa son chapelet et dit : « Merci, lumière
des anges! » Puis, ayant pris pied sur l'autre bord,
elle monta la montée qui roque à la ville d'Antrain
où demeurait sa nouvelle maîtresse, la bonne personne
qui vendait de tout et le reste...

— Antrain! — Antrain! — Antrain! cria le conducteur en marchant le long de nos wagons arrêtés.

La mère de mademoiselle Lily se pencha vers elle
et demanda :

— N'es-tu point fatiguée de tant parler, ma chérie?

— Ah! mais non! répondit mademoiselle Lily; c'est
ici que l'histoire commence à être belle.

Le commandant regarda son frère non sans malice
et lui dit :

— L'abbé, c'est le moment, place ta science!

— Il faut que vous sachiez, me dit mon ami le
curé, que ce sabre est le tyran de la famille. Moi, je
passe pour voltairien, un peu, parce que j'apprends à
mademoiselle Lily plus de catéchisme que de légendes.
J'ai eu le malheur un jour de leur dire que le nom
d'Antrain, figuré ainsi dans quelques vieux manus-
crits, « Entraimn, » venait du latin *inter amnes*, « au
milieu des rivières, » à cause du Couesnon, de l'Oysance et du Tronçon qui coulent sur son territoire,
ou encore du celtique *Antroum*, « auprès de la rivière. »
Depuis ce temps-là, on se moque de ma *science*.

Mademoiselle Lily n'entendit qu'un seul mot : l'Oysance, et s'écria :

— Tonton recteur est un entêté. Monsieur, écoute
la fin, tu vas bien voir que c'est l'Oisange, puisque je

te le dis... Voilà donc Louison qui arriva à la porte
d'Antrain. Jamais elle n'aurait cru qu'il y avait au
monde une si grande ville, ni tant d'hommes et tant
de femmes rassemblés en un seul lieu. C'était pire
que la foire de Moidrey, où l'on vient jusque d'Avranches. Elle regardait de tous ses yeux les gens qui
allaient et venaient et n'osait point leur parler, crainte
d'être rembarrée. Ayant vu pourtant une vieillotte
sortir de la boucherie avec un morceau de mou pour
son chat, elle s'encouragea à lui faire une belle révé-
rence, à quoi la vieillotte répondit honnêtement et lui
dit :

— Mieux vaudrait travailler que vagabonder, ma
mignonne; j'ai mes pauvres, et ne donne que le lundi.

Louison n'était pas fière, et néanmoins elle répondit :

— Ma respectable dame, je ne demande point l'aumône...

— Respectable! respectable! repartit la vieillotte en
colère; certes, je le serai quand j'aurai l'âge; passez
votre chemin, péronnelle! Je devine ce que vous cher-
chez...

— Alors, dites-moi où le trouver, je vous en prie,
car je suis bien dans l'embarras.

La vieille la regarda mieux, et lui voyant la larme
à l'œil déjà, elle se radoucit tout d'un coup, car elle
n'avait point l'âme cruelle.

— Ça, ça, fit-elle, dites votre cas, pauvrette : où
voulez-vous qu'on vous mène?

— A la boutique, madame.

— Je suis demoiselle... A quelle boutique?

— A la boutique de ma maîtresse.

— Et qui est votre maîtresse?

— La vraie bonne personne qui vend du fil...

— C'est moi! fit la vieillotte.

— Des aiguilles...

— C'est moi!

— De la toile, poursuivit Louisette, récitant la leçon apprise en route, de la vaisselle, du foin, du grain...

— C'est moi, c'est moi, c'est moi!...

— Des petits couteaux, de la dentelle, du lard salé et du poisson frais. Ah! vraiment, je n'ai rien passé; mais ce n'est pas vous, car ma maîtresse est plus grosse que vous, plus jeune que vous...

— Voire! et elle louche des deux yeux, n'est-ce pas?

— Un brin, oui.

— Et avez-vous compté les dents qui lui restent dans la bouche?

— Pour ça, non. Je l'ai croisée sur la route...

— Dans sa carriole qui branle, avec son cheval maigre, Grigou....

— C'est cela!

— Et Normand, son chien galeux... Trébigre! non fait, non fait, ce n'est pas moi! Des bonnes personnes comme celle-là, je n'en suis pas! C'est la veuve à Normand Grigou, qui est mort l'an passé du chagrin de l'avoir épousée. Elle vend du fil qui rompt, des aiguilles sans chas, des rebuts de toile, de la vaisselle fêlée, du foin chauffé, du grain mité, des petits couteaux pour ne point couper, de la dentelle en guenilles, du lard rance et du poisson qui marche! Et méchante langue, et doleuse, et voleuse, sans foi, ni loi, ni honte, la peste de la ville; ah! mais non, mais non, ça ne me ressemble pas! Je suis tout le contraire, Dieu merci, ne faisant tort d'un liard à quiconque, fournissant de la brave marchandise, gagnant petit et disant du bien du prochain... Quel gage vous a-t-elle promis?

— Dix deniers rennais le mois et des beignets le dimanche.

— Dix taloches plutôt, ma tourterelle! dix caresses du pied et du poing, de l'eau dans la trempée, avec la chance de se coucher sans souper le dimanche, comme les jours de la semaine. Je vous en offre quinze, moi, des deniers rennais, rien que par bonté d'âme et pour vous épargner le malheur d'entrer chez pareille bonne personne à vous perdre, car ça se gagne!

Dame! vous pensez que Louison eut envie de dire oui, car la marchande de la carriole et elle ne s'étaient point tapé dans la main ni n'avaient fait crochi-crochette avec leur petit doigt, ce qui finit les marchés; mais quelque chose lui disait en son dedans que ce serait foi-mentir.

Comme elle passait devant l'église, elle entendit un oiselet chanter dans les gouttières. Elle regarda et ne vit rien, sinon un beau rayon de soleil qui dorait les cheveux de l'archange saint Michel dans sa niche, à la cornière de droite, sous le toit. Elle pensa au sourire céleste qu'elle avait vu dans l'eau sous le Pontchêne.

— Honneur des cieux, se dit-elle, vous m'avez couverte de vos ailes; ah! je l'ai bien vu, et vous avez becqueté mon pain dans ma main; il me faut donc être bonne fille.

Et tout haut, parlant à la vieillotte, elle ajouta :

— En vous remerciant, demoiselle. J'ai promis à l'autre, je tiendrai.

Et juste à cette heure, au tournant du parvis, Normand, le chien hargneux, se montra, suivi du cheval

maigre Grigou, traînant la carriole où la grosse marchande cahotait parmi la paille qui emballait son poisson. La vieillotte courut à sa rencontre aussitôt, et
Louison crut qu'elles allaient se battre; mais point,
elles s'embrassèrent à quatre bras en criant leurs com-
pliments :

— Ah! tendre amie!

— Ah! cher cœur!

— Avez-vous fait bon voyage? Vos soles et vos mulets flairent comme un baume, en vérité. J'étais ici
vous gardant votre petite servante, crainte qu'elle ne
se gage ailleurs, car, du temps qui court, les jeunesses
ne sont pas trop fidèles...

Quand c'est tonton recteur qui raconte, il dit en cet
endroit : « Louisette commençait à apprendre le
monde; » mais moi, je ne connais encore que des bons
cœurs.

La vérité, c'est que la vieillotte alla porter le mou à
son chat, et que Louison suivit la carriole, qui la mena
à cette boutique, où se vendaient tant de choses. C'était
une vilaine masure, pleine de la cave au toit, où tout
traînait en désordre dans la poussière. Jamais vous
n'avez vu pareil méli-mêla. Quand une ménagère venait acheter un demi-cent d'aiguilles, il fallait remuer
tout le magasin; mais la marchande s'y retrouvait tout
de même et gagnait de l'argent, n'en fût-il point.

Là dedans, Louison était chargée de curer tout et de
vendre, et de ranger, et encore de graisser l'essieu de
la carriole, d'étriller le cheval maigre, de faire la pâtée
du chien hargneux et la cuisine de la marchande, et
aussi de lui coudre ses jupes, et enfin de porter une
lanterne allumée par les rues devant « madame, »
quand la veuve allait en soirée chez le tripier, chez

l'huissier ou chez la vieillotte demoiselle qui avait un chat. Louison travaillait du matin au soir, et quelquefois du soir au matin. Elle ne se plaignait point et attendait toujours les beignets.

Elle mangeait ce qu'il y avait et dormait quand elle pouvait. Il est sûr que sa maîtresse n'était point plus méchante qu'une autre; mais, vous savez, elle était marchande et ne trouvait jamais qu'on en faisait assez. Elle avait de l'amitié pour Louison, comme pour le cheval Grigou, qui mourait à la peine et ne se plaignait point non plus, puisqu'il n'avait pas la parole.

Pour honnête, la marchande l'était, monsieur; je te laisse à le juger : elle mettait tous les quinze jours, sans faute, cinq deniers rennais dans un pied de bas qui était la tirelire de Louison, et au bout du temps, cela ne pouvait manquer de faire un boursicot. Seulement, il faut bien que la casse se paie, dis donc; chaque fois qu'une assiette fêlée tombait en morceaux ou qu'une pelote de fil s'égarait, ou même que le chien galeux s'attaquait à un morceau de lard, la veuve allait au pied de bas de Louison, qui était chargée de surveiller le chien comme le reste, et le pied de bas ne gonflait point beaucoup.

La preuve, c'est qu'au bout de six mois, au lieu des cinq sous rennais ou soixante deniers que le boursicot aurait dû contenir, Louisette ayant demandé à compter, sa maîtresse lui dit :

— Bonne petite, tu as tout dissipé en dégâts; non seulement tu n'as rien, mais tu me redois deux liards. Ne t'inquiète point cependant, je t'en fais cadeau d'amitié pour tes étrennes.

Or, voici pourquoi Louison voulait connaître son compte : va, monsieur, elle avait grand besoin d'argentl En ce temps-là on n'écrivait pas tant de lettres qu'aujourd'hui, et je crois bien que ni le bonhomme, ni la bonne femme de là-bas ne savaient écrire; mais il venait parfois des gens de la grève qui apportaient des coques, des soles et des nouvelles. Le bon chevalier du commencement avait tenu plus que sa promesse, et les vieux vivotaient depuis des mois et des mois sur la belle pièce d'or qu'il avait laissée en s'en allant sur le coin de la table. Mais tout s'épuise; on avait vu la fin de la pièce d'or, et la maladie, augmentant avec l'âge, le père Toine et la mère Toinette étaient là-bas bien désespérés et abandonnés dans la misérable cabane à se regarder l'un l'autre mourir.

Telle était l'avant-dernière nouvelle.

La dernière, Jésus Dieu! était bien plus triste encore. Ecoutez, Louison en pleura toutes les larmes de son cœur.

Il n'est si chétif logis qui n'ait son maître. Le maître à qui appartenait la cabane où Toine et Toinette se mourait était presque aussi pauvre qu'eux, et dans sa dure nécessité, voyant qu'ils ne payaient plus la redevance de leur logis, il chercha quelque autre à qui l'affermer.

Et il trouva pour leur malheur, et la dernière nouvelle annonçait que les deux vieillards à l'agonie allaient être mis à chemin, sur la dure, faute de dix deniers de la monnaie de Rouen, qui en valait douze du battage de Rennes.

Vous voyez bien que Louisette avait ses raisons pour réclamer son boursicot, et vous allez voir aussi que la grosse marchande avait un petit coin de bon dans sa conscience, nettoyée encore plus rarement que sa boutique. En écoutant le cas des deux vieux, ma parole, elle eu le cœur tout retourné et mouilla son tablier de ses larmes.

— Tu es paresseuse joliment, ma pauvre poule, dit-elle à Louisette, et de grand entretien, par le bon appétit que Dieu t'a donné, sans reproche; tu te couches tôt, tu te lèves tard, tu gaspilles le beurre, le charbon, la chandelle, et tes mains ne peuvent rien toucher sans casser, briser, ravager. Ce n'est pas deux liards que tu me devrais, en brave compte, mais deux livres tournois d'argent, et même quatre, sinon six. Hélas de moi! à me conduire comme je vais le faire, je mourrai sur la paille, c'est certain, et Dieu veuille que j'en aie seulement de la paille, quelques pauvres brins à ma dernière heure! Mais c'est égal, tu m'as navré l'âme, avec ton Toine et ta Toinette, je veux me montrer charitable, pour gagner le paradis, et faire les choses si grandement, que Dieu ne me marchande point quand je toquerai à sa porte. Tu me paieras mes six livres d'argent plus tard, quand tu pourras, si ce n'est huit, par honnêteté et reconnaissance, ou dix, en chiffre rond, alors comme alors. En attendant, je te donne, en pur don, les douze deniers du loyer de ton père et de ta mère, avec le treizain pour la route... Et encore un, qui fait quatorze! Et un, quinze, et cinq, vingt! et va-t'en bien vite, que je ne regrette pas ma générosité, quand le bon sens me reviendra.

Louison se jeta à son cou et prit sa course, mais sa maîtresse la rappela pour lui donner en plus un joli pain frais bien doré. Que Jésus le lui rende! Le chien hargneux qui vit faire cette largesse en grogna huit jours durant, et le dit à Grigou, le cheval maigre, qui fut huit jours avant de le croire.

Ecoute bien cela, monsieur; quand la veuve mourut

au bout de son rouleau comme nous ferons tous, il y eut d'un côté de la balance sa rapine et tous ses commerces, de l'autre ce seul petit mouvement de bon cœur, et pour si peu saint Michel lui épargna la peine éternelle de l'enfer, on le dit. Elle fut en purgatoire. Par exemple, après avoir vendu tant de bricoles, elle dut longtemps y rester.

Louison dévala la descente avec tous ses deniers dans sa poche et son pain doré sous le bras. Ses pieds ne touchaient pas terre, si bien aise qu'elle était de porter le salut à son père et à sa mère. Dès la sortie de la ville, les pauvres de métier, comme s'ils eussent deviné que la petite Louison était aujourd'hui une riche fille, l'entourèrent et la suivirent en lui quémandant l'aumône. Il faut donner tout ce qu'on a, pas vrai, monsieur? Tu sais cela, mais le fais-tu? Il y a encore autre chose : il faut bien regarder à qui l'on donne, pour ne pas perdre le bien des vrais malheureux dans les mains des gueux de gueuserie qui lamentent pour avoir de quoi boire; tonton recteur sait les reconnaître, moi pas, et je donne à tous, crainte de me tromper. C'est mal, mais pas beaucoup.

Louison était comme moi; à voir tous ceux-là qui demandaient la charité pour l'amour du bon Dieu, les uns sans bras, les autres sans jambes, des estropiés de toute façon, et le paralytique qui allait sur ses mains, assis dans une écuelle de bois, elle avait le cœur bien gros et ses piécettes frétillaient dans sa poche.

— Ayez pitié d'un pauvre aveugle!

— Donnez au pauvre perclus, ma belle petite demoiselle!

Ah! dame! ah! dame! jamais on n'avait encore pris

Louisette pour une demoiselle. Elle répondait tristement :

— Je n'ai pas, mes amis, je n'ai pas.

Et c'était bien la vérité, puisque toute sa fortune était pour Toine et pour Toinette, en danger de mourir par misère, sans oreiller sous leurs têtes et sans toit dessus. Louison allait tant vite qu'elle pouvait dans sa hâte de bien faire; elle tenait son bâton à crosse d'une main et de l'autre son pain frais, dont elle comptait faire trois parts, une pour les pauvres, une pour l'oiseau de toute couleur, une pour elle-même. Mais elle avait beau se presser, les quémandeurs allaient encore mieux qu'elle, surtout ceux qui n'avaient pas de jambes. Louison restait presque la dernière entre un bon vieux guenilleux tout essoufflé et une jeune mère malade portant un petit chétif dans ses bras.

Le vieux tomba de fatigue à un moment, et la jeune mère s'arrêta pour le ramasser; les autres ne tournèrent même pas la tête et continuèrent de galoper avec leur refrain :

— Charité! charité! charité!

— Ayez pitié d'un pauvre aveugle!

— Donnez à l'estropié de tout son corps!

Louison entendit un faible cri derrière elle; c'était la petite mère malade qui était tombée à son tour en essayant de relever le vieux trop lourd.

— Ah! cher oiseau, pensa Louisette, c'est ta part et la mienne que je vais donner; aujourd'hui, tu ne becqueteras pas de mes miettes!

Elle s'élança en même temps vers ceux qui étaient tombés de besoin et rompit son joli pain, qu'elle partagea entre eux. Tous les deux portèrent avidement la nourriture à leur bouche, et *quelqu'un* gazouilla en l'air un doux chant d'oiseau.

— Merci, mon petit cœur, dit le vieux, mais ma ménagère a grand faim à la maison.

Et la jeune mère :

— Bon petit cœur, merci; mais à force de jeûner, je n'ai plus de lait dans ma poitrine pour mon enfant qui ne sait encore manger le pain.

Ceux-là étaient des pauvres du bon Dieu, tu vas le voir, monsieur. Le vieux ajouta en joignant les mains :

— Je partagerai le pain avec ma ménagère; si vous avez, donnez à celle-ci pour empêcher son enfant de mourir, au nom de votre mère!

— Au nom de votre père! s'écria la jeune maman qui pleurait, donnez aussi, donnez ce que vous avez à celui-là!

La main de Louison entra toute seule et quasi malgré elle, dans sa pochette. En l'air on gazouillait si doux qu'elle cherchait des yeux le rossignol au-dessus de sa tête, mais rien ne vit, sinon un nuage perlé qui passait au gré du vent.

Le vieillard eut un beau denier marqué et un denier la pauvre jeune mère.

— Dieu vous le rende! Dieu le rende à ceux que vous aimez!

Dieu n'y manque pas, mais il ne manque jamais non plus d'éprouver ses plus chères âmes; il faut savoir cela, et tant pis pour ceux qui murmurent! Voici que les quémandeurs, mauvais pauvres, faux aveugles, trompeurs de boiterie, estropiés pour faire semblant, et le reste, ayant tourné la tête à la fin, virent Louison tirer de l'argent de sa poche et faire l'aumône.

Seigneur Dieu! ils prirent leur course tous ensemble
et revinrent criant qu'on les volait! Si tu les avais vus!
Les boiteux allaient comme des cerfs et les perclus
brandissaient à deux mains leurs béquilles en faisant
des sauts d'écureuil. Ils se jetèrent d'abord sur la petite
mère et le pauvre vieux.

— Rends-nous notre argent, coquine!

— Brigand, rends-nous notre argent!

Louison, qui était brave, se mit au-devant de ses
protégés et les défendit avec son bâton à crosse.

— J'ai donné ce qui m'appartenait, dit-elle, à qui
j'ai voulu le donner. Pourquoi accusez-vous ces malheureux de vous avoir volé ce qui n'était point votre
bien?

— Qu'ils partagent! qu'ils partagent! fut-il répondu; le bien de l'aumône est le bien de tous. La
coquine a menti pour avoir plus que les autres, son
enfant ne tette plus et marche tout seul! Il a ses dents!
il jouait hier à la fossette avec des vagabonds qui
savent lire! Pour avoir plus que les autres, le vieux
brigand a menti : il n'a point de ménagère. C'est lui
qui tette sa chopine, et son vrai logis est le cabaret.

— Est-ce donc vrai? demanda Louison, qui se retourna.

Mais il n'y avait plus personne à la place où étaient
tout à l'heure la petite mère et le vieillard mourant.
Comment s'en étaient-ils allés? Louisette se sentit le
cœur bien gros, et il y eut un nuage errant qui passa
sur le soleil en gazouillant le chant des loriots. Tu sais
bien, monsieur, que les loriots, quand ils chantent,
ont l'air de se moquer du monde. En même temps les
faux pauvres crièrent tous à la fois :

— Vous voyez bien, demoiselle, généreuse et riche

demoiselle, vous voyez bien, les menteurs ont pris leurs jambes à leur cou! C'est nous qui sommes les vrais affligés, et vous ne nous avez pas secourus.

— Je n'ai rien! voulut répondre encore Louison.

Mais une grande effrontée de manchote retrouva une de ses mains pour tâter la pochette où étaient les deniers, qui sonnèrent, et alors on ne s'entendit plus.

— Donnez! cria un gros béquillard tout embarrassé de ses potences, c'est moi l'abandonné qui ai ma femme à l'agonie du mal caduc, et une tante pestiférée, et un cousin qui marche à reculons, et une filleule remuée par la danse de Saint-Guy!

— C'est certain, renchérit un tortu; il dit vrai, mais j'ai mieux que cela : ma gorge est rongée à vif par un ver, et il y a quatorze innocents qui m'attendent dans mon trou, plus les orphelins de ma sœur défunte... donnez!

— Donnez! donnez! donnez!

— A moi, à moi, à moi!

Et la grande effrontée de manchote, clamant pardessus tous les autres, hurla :

— J'ai trois pères et quatre mères, ramassés au long des chemins par la bonté de mon cœur! C'est pour leur faim et pour leur soif que je quête : donnez-moi double, et ce ne sera pas encore assez!

Louison donna, qu'aurais-tu fait, monsieur? Elle n'avait pas assez d'âge pour bien voir à travers les menteries; elle donna six deniers; avec les deux de la petite mère et du bon vieux, cela faisait huit. Il ne lui restait donc bien juste que les douze qu'il fallait à Toine et à Toinette pour garder leur logis. A cet argent-là, il ne lui était point permis de toucher : elle le dit, et serrant son petit bâton à crosse, elle ajouta :

— Que Dieu vous bénisse, mes amis, ne perdez pas votre temps avec moi.

Voyant qu'il n'y avait plus rien à piller, les quéman-deurs tournèrent casaque en disant :

— Allons boire !

Et la plupart se mirent à la chasse de quelque autre gibier : ce n'étaient pas les plus méchants. Il y en eut trois qui ne firent que passer de l'autre côté de la haie, à savoir la grande manchote, le tortu mangé par un ver, et le gros béquillard. Ceux-là avaient leur idée. Ils se cachèrent à l'abri du fossé et le tortu dit :

— La jeunesse a encore douze deniers qu'elle em-porte dans sa poche.

— Oui, répondit la manchote, j'ai vu cela; mais le monde continue de passer sur la route; on n'y peut pas faire ce qu'on veut.

— Le jour baisse, ajouta le béquillard, jouons notre jeu; quand la jeunesse va arriver vers le Pont-chêne, il n'y aura plus personne à cheminer, crainte de mauvaise aventure, et alors... Eh! qui va là ?

Ils écoutèrent tous les trois. Quelqu'un soupirait dans la haie. Le tortu y jeta son sabot, la manchote regarda dans les ronces et le béquillard y déchargea un coup de sa béquille. Mais ils se mirent à rire de bon cœur, car ce qui les avait effrayés n'était qu'un petit oiseau, gros comme la moitié d'un moineau, qui prit sa volée en faisant : Cuic, cuic, cuic.

Aussi, le tortu ayant repêché son sabot, ils com-mencèrent à longer la haie, en dedans du champ, bien doucement, bien doucement, lui, la manchote et le béquillard, en suivant de loin Louison, qui dévalait vers le Pontchêne.

Notre train avait dépassé Pontorson, la vieille ville
qui se souvient de Bertrand Du Guesclin et de sa
femme Tiphaine la Fée, dont l'observatoire se voit
encore au versant sud du Mont-Saint-Michel; car elle
était astronome, selon les bonnes gens, et même astro-
logue, si l'on en croit les langues mauvaises. On commençait à sentir l'air de la mer. A la dernière station,
tonton recteur nous avait expliqué que nous passerions
bien près de Pontchêne, mais que nous ne le verrions
pas. Il avait même ajouté que le vieux tronc, remplacé
maintenant par une arche en pierre, se trouve non pas
sur l'Oysance ou l'Oisange, mais sur un ruisselet ano-
nyme qui se jette aussi dans le Couesnon. Mademoiselle Lily l'avait écouté poliment; on voyait bien,
cependant, qu'elle le regardait comme un ennemi
acharné de son histoire.

— Ça m'est bien égal, dit-elle en s'adressant toujours à moi, comme si elle eût deviné que je protégeais
par état les histoires. Puis elle reprit : — Louisette
descendait donc vers le pont, toute seule maintenant.
Six heures du soir approchaient; on était à la fin de
l'automne, la brune allait bientôt tomber.

Tout en marchant, Louison entendait du bruit derrière la haie, mais elle ne s'en inquiétait point, parce
qu'une goutte de tristesse lui avait coulé dans le cœur
en songeant à ses chères bonnes gens de là-bas. Comme
elle allait les trouver maigres, et chancelants, et
changés par tant de misère! Elle regrettait, non point
d'avoir fait la charité, mais d'avoir prodigué une si
grosse part du pauvre argent de Toine et de Toinette à
cette mauvaise troupe de mendiants. Quant tout à
l'heure le petit oiseau s'était ensauvé au coup de
béquille donné dans la haie, il avait passé en son vol

juste au-dessus de Louison, qui avait bien entendu alors *quelqu'un* lui dire à l'oreille : « Aie confiance. »

— Je veux bien avoir confiance, pensa-t-elle, mais c'est la peur qui me vient. Ange de Dieu, gardien des cœurs unis de Jésus et de Marie, protégez-moi, je vous en prie, car je suis comme si un grand malheur menaçait sur moi.

Elle allait toujours cependant, et à mesure qu'elle descendait vers la plaine, elle trouvait que rien n'était plus de même depuis son premier voyage, qu'elle avait fait par un beau matin d'été. Les froments étaient coupés, les pommes gaulées, le lilas du blé noir ne souriait plus par les champs, et tout en bas de la montée elle traversa des ravages d'eau.

Bien sûr que la rivière avait dû déborder. Les grandes herbes de sauge que le chemin traversait pour arriver au Pontchêne étaient encore toutes limoneuses et commençaient à peine à se relever. L'Oisange coulait à pleines rives sous le vieil arbre couché en grondant comme au déversoir d'un moulin.

Ah! certainement Louisette n'aurait pas su se mirer maintenant dans cette eau troublée, ni voir les ailes d'or étendues au-dessus de son sourire, car la nuit venait tout à fait, et d'ailleurs elle ne souriait plus : elle avait plutôt envie de pleurer. Pourquoi? Parce que...

Au moment où elle mettait le pied sur le pont, un dernier rayon de jour laissait voir encore la rivière gonflée qui bouillonnait. Le tronc renversé d'un bord à l'autre était humide et tout gras comme les pièces de bois qui ont été noyées; pour marcher, Louison était obligée de s'appuyer sur son bâton.

— L'oiseau de toute couleur est couché, se dit-elle en soupirant.

Et à bien réfléchir, elle n'en fut point trop fâchée, parce qu'elle n'avait pas seulement une miette à lui donner. Comme elle arrivait au milieu, trébuchant et prenant bien garde à ses pieds, les cloches de la ville d'Antrain passèrent sur la vallée sonnant. C'était, comme la première fois, l'*Angelus* qui tintait, mais non plus celui de midi puisqu'on était au soir. Comme la première fois aussi, Louison se mit à genoux, et pendant qu'elle priait, distraite par la tristesse qui lui pesait sur l'esprit plus lourdement toujours et toujours, elle vit un petit oiseau menu, ah! menu, qui voltigeait devant elle, allant, venant, tournant et cherchant où se poser.

Celui-là n'avait point des ailes d'or et n'était pas beaucoup plus gros qu'une mouche.

Et il ne chantait point, et ses plumes, en battant le vent, ne faisaient aucun bruit.

On l'apercevait dans le noir, parce que l'entour de lui s'éclairait en rond, mais si peu! c'était approchant comme la lueur que donnent les luciolets au bord des fossés, quand ils sont pour éteindre leur chandelle.

Louison s'aperçut seulement alors que le *déris* (l'inondation) avait cassé et emporté la branche morte qui servait de balustrade.

— Ah! cher petit mignon! pensa-t-elle, tu n'as plus ton perchoir!

Et, cherchant avec ses mains, à tâtons, elle trouva un endroit où l'écorce du pont était fendillée; dans la fente, elle planta son bâton à crossette. Cela l'empêcha d'entendre qu'on marchait à pas de loup parmi les herbes de sauge, sur la rive qu'elle venait de quitter.

— Maintenant, dit-elle, tu peux percher; perche.

L'oiseau ne se fit pas prier. Il vint se poser sur la crosse et chanta trois cuic, cuic, preuve que c'était bien celui de là-bas, sur la route, que le béquillard avait chassé de la haie avec sa béquile, et peut-être aussi celui qui avait gazouillé sur le parvis de l'église, en la ville d'Antrain, au moment où le rayon dorait le cheveux de l'Archange dans sa niche, tout en haut du portail.

Quand Louisette s'agenouilla de nouveau pour achever sa prière, le bruit des sauges remuées avait cessé. Elle songeait priant :

« Seigneur, que vais-je donc souffrir? »

Car elle avait son petit cœur tout plein jusqu'au bord, et *quelqu'un* y parlait, disant dans le fin fond d'elle-même :

— Aie confiance, aie confiance! Avant de souffrir, pendant qu'on souffre et après qu'on a souffert, il faut louer Jésus-Dieu, fils de Marie!

Elle écoutait cela si bien qu'elle n'entendit point une voix qui chuchotait tout à côté, dans les sauges, disant :

— Elle n'a plus son bâton à crossé pour se défendre, c'est le moment!

Bien plus, elle n'entendit même pas la marche de la grande manchote, du petit tortu et du béquillard, qui sortaient des herbes pour se glisser sur le pont. Un souffle de vent s'était levé, c'est vrai, et toutes les feuilles des arbres voisins qui allaient déjà se dessé-chant faisaient tapage. Si bien qu'à l'instant où, achevant sa prière, Louison disait : « Moi aussi je suis la servante du Seigneur, que sa volonté soit faite! » la béquille du béquillard lui assomma la nuque d'un grand coup, durement frappé, pendant que le tortu et la manchote, se jetant sur elle, vidaient sa pochette en un tour de main.

Après quoi, faisant deux cordes avec son fichu de cou déchiré par moitié, le béquillard, la manchote et le tortu lui lièrent les pieds et les poignets bien liés avant de la lancer comme un corps mort dans la rivière.

L'oiseau n'était plus sur son perchoir, mais dans la nuit, plus noire, on entendit *quelqu'un* qui pleurait.

Louison coula au fond de l'eau tout de suite. Pourquoi les trois faux mendiants ne s'en allaient-ils pas, puisqu'ils avaient fini leur ouvrage? Monsieur, je vais te le dire : Ils ne s'en allaient pas parce qu'ils ne pouvaient plus. Leurs pieds étaient pris dans le bois, où ils s'enfonçaient comme si c'eût été de la tangue des grèves. Et ils regardaient, en frissonnant, quelque chose qui apparaissait dans l'eau, au-dessous d'eux. Va! quelque chose de beau qui faisait grand'peur!

Louison, la pauvre petite fille, était revenue du fond à fleur du courant, qui ne l'emportait point. Elle restait là immobile à la même place où ils l'avaient noyée, étendue sur le dos comme en un lit, bien couchée, les bras croisés sur sa poitrine.

Et la pâle lueur l'entourait qui tout à l'heure était en rond autour de l'oiseau.

Puis une musique chanta si doux qu'on aurait dit la voix des anges, puis deux grandes ailes se déployèrent au-dessus du corps et s'agitèrent lentement. Des ailes qui brillaient en sourdine, comme de l'or dans une cave, et qui étaient transparentes un peu.

Et alors Louison commença à *mouvoir*, mais non point à fil du courant, au contraire : elle remontait le chemin de l'eau, semblable à une barque qui aurait eu une âme ou une voile. Et ainsi elle passa sous le Pont-chêne, qui en grelotta de bout en bout.

Comme elle passait, la manchote, le tortu et le béquillard râlèrent et s'abattirent raides morts sur l'écorce, où les premiers sortants de la ville d'Antrain les trouvèrent enlisés le lendemain matin. C'est vrai. Mais Louisette? Où allait-elle en rebroussant l'eau?

Eh bien! Louison allait, enveloppée dans sa lueur, si blanche et si douce qu'elle avait l'air de dormir, au milieu d'un beau songe. Elle ne devait pas voyager ainsi bien loin. Les grandes ailes d'or avaient d'autre besogne à faire cette nuit que de ramer autour d'une petite âme remontant le cours du ruisseau.

Il y avait au-dessus du Pontchêne une prairie qui joignait la route du Mont-Saint-Michel. La rivière débordée, qui rentrait peu à peu dans son lit, en couvrait encore un morceau. Ce fut là que les ailes d'or poussèrent Louison bien doucement et puis s'envolèrent.

Quand la lune se leva, l'eau était retirée; il n'y avait plus là que de l'herbe, et sur l'herbe une chère fillette qui dormait, souriante comme les enfants égarés dans le pays des rêves...

Or, ce soir-là, le bon vieux Toine et la bonne vieille Toinette (pas vrai, monsieur, que tu es content de les revoir?) s'étaient mis au lit bien malades et surtout bien désolés. Ils ne pouvaient plus bouger ni s'aider de leurs membres, et c'était la dernière fois qu'ils couchaient dans leurs grabats, car le lendemain, sans faute, on devait les mettre à s'en aller, le ventre creux, la pochette vide, sans bras ni jambes pour gagner leur pain.

Il y avait dans la ruelle de Toine un saint Joseph, et dans celle de Toinette une bonne Vierge avec le divin Jésus dans ses bras. Quant au grand Archange, qui est le soldat de la sainte Famille, ils n'avaient pas besoin de l'avoir chez eux, puisque, par leur étroite fenêtre, ils voyaient sa statue ailée planer au plus haut sommet du mont.

Avant de fermer les yeux, Toinette avait dit :

— Je n'ai point défiance du cœur de notre Louison.

— Ni moi, femme, avait répondu Toine.

— Si elle n'a rien envoyé, c'est qu'elle n'a pas pu : la volonté de Dieu soit faite.

— Certes, certes, mais j'ai grand'faim.

— Moi aussi... que les anges lui rendent en bonheur ce que nous endurons de souffrance!

— Ainsi soit-il.

— Bonne nuit, mon mari.

— C'est la dernière, ma femme; où serons-nous demain? Bonne nuit.

Bonne nuit! Entends-tu, monsieur? Moi d'abord je ne dormirais guère si je savais que mon lit n'est plus à moi que pour une fois; mais Toine et Toinette dormirent, et par-dessus le marché ils eurent un rêve : le même pour tous deux. Ecoute-le, il n'est pas long et c'est presque la fin de l'histoire.

Il y avait déjà du temps que Toinette dormait, quand elle entendit gratter à la porte, et une voix qui était au-dessus d'elle dit :

— C'est de la part du cœur de Louison.

Elle essaya de se lever, mais elle ne put, tant ses vieux membres étaient noués, et de son côté Toine essayait aussi; car il avait aussi entendu la même voix, mais il était encore plus perclus que Toinette. On grattait toujours et plus fort, et quand on fut las de gratter, on *picota* d'abord à la porte, puis au carreau de la petite fenêtre. C'était comme un bec d'oiseau, faisant tac, tac, tac. Toine dit :

— Il est enragé, ce pierrot!

Et Toinette fit :

— Ecoute, le voilà qui descend par la cheminée!

En effet, on entendit tout de suite après voleter dans la nuit de la cabane ce qui paraissait être un petit oiseau, et bientôt *quelqu'un* essaya d'ouvrir la porte en dedans, pendant qu'on grattait toujours au dehors.

En même temps, une lueur se fit, qui ne venait point par le carreau et qui éclaira surtout saint Joseph dans la ruelle de Tolne et la bonne Vierge au Jésus dans la ruelle de Toinette.

A cette lumière, les deux vieux se mirent à chercher l'oiseau, — le petit oiseau, — mais ils n'en découvrirent point trace; seulement il y avait comme deux grandes ailes étendues dans toute la largeur de la chambre, et ces ailes étaient en une matière comme qui dirait de la fumée d'or où passeraient tour à tour toutes les couleurs de l'arc-en-ciel : pas bien distinctes, un peu brouillées, un rêve, je te dis, monsieur!

Et pourtant, il y avait autre chose que du vent, car la serrure grinça et la porte s'ouvrit.

Alors, Tolne vit entrer le saint Joseph de sa ruelle, plus vieux et habillé en mendiant, pendant que Toinette voyait entrer aussi la bonne Vierge de sa ruelle, toute jeune, habillée en pauvresse, avec un Jésus malade, dans ses bras, et qui rayonnait si bien tout de même, qu'il éclairait la statue d'or de saint Michel, debout sous l'arc-en-ciel des grandes ailes.

— Je te salue, père Toine, dit saint Joseph, et la Vierge dit aussi : Je te salue, mère Toinette, pendant que l'archange se prosternait, les mains jointes, pour adorer l'Enfant-Dieu.

La Vierge et saint Joseph vinrent jusqu'au milieu de la chambre où était la table et y déposèrent chacun un « petit quoi » qui sonna, disant ensemble ce qui avait été entendu déjà :

— C'est de la part du cœur de Louison.

Et s'en allèrent. L'archange éteignit ses couleurs, la porte fut refermée et dans la nuit revenue la serrure de nouveau grinça. Mais pendant que le petit oiseau voletait avant de remonter par le tuyau de la cheminée, quelqu'un toucha au front Toine et Toinette, qui, dans leur rêve, se sentirent aussitôt guéris...

Ici, le tram s'arrêta, et le conducteur cria :

— Moidrey! on descend pour l'omnibus du Mont!

— Prends-moi, monsieur, me dit mademoiselle Lily, que je te finisse l'histoire.

Et tandis que je l'emportais à la gare dans mes bras, légère, hélas! comme une plume, elle acheva, en effet :

— Le lendemain matin, au petit jour, Tolne et Toinette s'éveillèrent en se frottant les yeux.

— Mon homme, demanda Toinette, que veux-tu aller faire au Pontchêne?

— Ah! par exemple, ma femme, répondit Toine, c'est toi qui as cette berlue-là! Tu viens de dire : « Allons chercher Louison. »

— C'est toi qui as dit : « Allons chercher Louisette. »

— Mais non!

— Mais si!

On frappa. C'était le maître de leur cabane qui venait les mettre dehors. Ils sautèrent en bas de leur lit tous les deux : « Tu as bien entendu, monsieur, j'ai dit : *ils sautèrent*, et en allant ouvrir, ils trouvèrent sur la table le « petit quoi » qui avait sonné.

C'étaient deux deniers rennais, les deux deniers que Louison avait donnés au bon vieux et à la petite mère, au sortir de la ville d'Antrain; mais quand Toine et Toinette offrirent ce *petit quoi* au maître du logis, en le priant humblement de le prendre comme acompte, le brave homme ôta son bonnet et leur dit :

— Cela vaut plus que la masure elle-même; si vous la voulez, je vous donnerai du retour!

Et, de fait, pour les deux deniers, Toine et Toinette eurent le logis tout à eux, par contrat devant notaire.

Ce que c'était que ces deux deniers-là, moi, je n'en sais rien, mais voici mieux : Le doigt de l'archange, quoique ce fût en rêve, avait si bien guéri mon Toine et ma Toinette, qu'ils purent aller de leur pied, ce matin, jusqu'à la prairie du Pontchêne, où ils trouvèrent Louison-Louisette sur l'herbe, encore un peu ébaubie d'avoir été noyée. Elle n'en pouvait croire ses yeux de les voir si vaillants. Eux croisèrent solidement leurs vieilles mains remises à neuf pour en faire un bon siège, l'assirent dessus bien à son aise et la rapportèrent ainsi au logis *à la guerdondaine,* qui veut dire en triomphe chez nous. C'est tout.

— Et tu vois bien, tonton recteur, conclut mademoselle Lily sous la gare, en tendant ses bras à M. le curé pour qu'il la prît à son tour, tu vois bien que l'Oisance n'a pas de bon sens : c'est l'Oisange qu'il faut dire, j'en réponds, puisque l'ange était l'oiseau et que l'oiseau était l'ange.

II

PATRON-MARGUERITE

Janic Picou et la femme sans langue. — L'oreille de mer. —
L'armée des *petits-calotins*. — Renot et Engoulvan. — Aven-
tures de Côte-de-Cuir. — La prison et l'évasion. — Anecdotes
de chouannerie.

Mademoiselle Lily sera encore de notre seconde histoire, qu'elle écouta de tous ses grands yeux étonnés,
enveloppée dans le châle de sa mère et assise sur ma
couverture de voyage au bord du railway en construction qui doit longer le Couesnon endigué. Tout le
pèlerinage était là, arrêté par la mer haute, à deux ou
trois cents pas de Moidrey, dans une de ces pâtures
sablonneuses où croît l'herbe sobre et indigente à l'œil,
qui donne tant de saveur à la chair illustre des gigots
de pré salé.

En face de nous, derrière une de ces immenses baraques en planches que l'industrie de chemin de fer sème

5

partout où elle pénètre comme un signe triomphant
de civilisation, nous voyions un vieux vilain côtre, à
flot au milieu des terres, qui balançait lourdement son
mât fluet, chargé de poulies obèses. Cela ressemblait
assez à certains « sujets » savamment appauvris et
déjetés auxquels l'art des jardiniers, *pratique*, mais
vilain, arrache cruellement la parure dont Dieu comble toutes les plantes, pour diriger leur sève en totalité
vers les branchettes mères et forcer la grosseur de
leurs fruits.

Au delà du côtre et presque entre ses agrès, se montrait dans la brume un mamelon, coiffé de travers par
une vieille bâtisse. Je dis la chose telle que je la vis, et
j'y donnai peu d'attention; mais un pauvre homme
qui passait le long de la voie, poussant une brouettée
de tangue, nous dit avec fierté :

— On le voit d'ici, pas vrai?

— Quoi donc?

— Le *Mont*, pardienne!

C'était vrai, c'était le Mont-Saint-Michel, cette petite
chose qui me rappelait, en miniature, l'ancienne butte
Montmartre au temps du télégraphe.

Que voulez-vous? Le Mont-Saint-Michel est immense
de partout, excepté de là. Vu d'Avranches, par exemple, la ville de saint Aubert, il fait jaillir du cœur un
cantique d'admiration; aperçu de Carolles, de la pleine
mer, du rocher de Cancale, des collines de Bonnaban
au-dessus de la digue de Dol, il apparaît, grand comme
la France des âges chrétiens dont il fut l'imprenable
citadelle, et auguste comme le chef-d'œuvre de toutes
les poésies de la foi, consacré à la gloire de l'ange protecteur de la patrie. Ce sont là des choses qu'il ne faut
point regarder de la marge d'un chemin de fer en

construction, par-dessus la baraque géante qui signale l'arrivée de notre vénérée bourgeoise et maîtresse, madame l'Industrie, voilà tout.

Ne vous fâchez point cependant contre l'envahissante platitude de la baraque; allez seulement un peu à droite ou à gauche, et admirez tranquilles; quand même l'industrie dessécherait la mer et planterait des betteraves dans le vaste désert des grèves, tant mieux, si c'est la volonté de Dieu. Il restera toujours assez de place pour poser la guérite de l'archange qui veille sur la France catholique en portant le glaive du Seigneur.

Il n'y a pas plus d'une demi-heure de voiture entre Moidrey et le Mont, mais la mer ne faisait que d'arriver et nous avions la plus belle marée du mois. C'était au bas mot quatre heures d'attente pour le départ de l'omnibus. Il nous fut proposé des bateaux, et certes la traversée n'est ni longue ni dangereuse, mais le pèlerinage venait de Vitré, pays peu marin. Plusieurs ménagères avaient ouï parler des perfidies de l'Océan, et je crois que Mathurin, le rustique majordome de la mère de Lily, avait une vague teinture des dangers courus par le navigateur à l'âme cuirassée de chêne et de triple airain qui osa, le premier, affronter la tempête, séparé de la mort par une simple planche. Le fait est que cet inventeur n'avait pas froid aux yeux.

Mademoiselle Lily, qui était ici le personnage important, fut tout de suite partagée entre la bonne envie de faire connaître le premier navigateur et l'épouvante fantastique qui monta dans son cher petit cerveau. Ce n'était pas précisément la mer qu'elle craignait, c'était un gouffre effroyable, creusé par les imaginations des fermières de Vitré. Nous vîmes l'agitation la prendre, et ses jolies joues pâles eurent, plus marqué, le signe ardent de la fièvre.

Voilà pourquoi notre bivouac fut organisé dans le pré salé, la salle d'attente n'étant pas praticable.

Il faisait un très beau temps, et l'énorme magasin si funeste au paysage nous mettait du moins à l'abri du vent de marée. Il s'agissait de passer le temps; tonton recteur me dénonça comme étant un puits d'anecdotes et de chroniques. C'était pure calomnie; je suis au contraire comme presque tous les faiseurs de romans, qui racontent très maladroitement de vive voix, mais le commandant me dit : « Occupez-la, je vous en prie. » Et mademoiselle Lily elle-même s'écria:

— Ecoute, monsieur, moi, je ne me suis pas fait prier, j'ai été gentille : c'est à ton tour.

Il n'y avait pas à reculer; comme j'ouvrais la bouche pour solliciter une minute de grâce, le temps de regarder dans ma mémoire, mademoiselle Lily ajouta :

— Tu sais, on veut quelque chose qui n'est pas dans un livre.

— C'est cela, m'écriai-je en prenant mon parti gaiement; tu me donnes une idée : je vais te dire à toi et à tout le monde des choses que j'ai mises de côté pour en faire un roman grand comme la baraque. Presque tous les romans partent d'un fait vrai ou de plusieurs; ce sont les faits vrais que je vais te conter en gardant pour moi le roman.

— Alors c'est arrivé, bien sûr?

— Bien sûr.

— Dis-moi quand.

— Au temps de la chouannerie, sais-tu ce que c'est?

— Ah! je crois bien! grand-papa était avec les trente-sept dans la tour de Redon!

— Vraiment! il est capable d'avoir connu mon Côte-de-Cuir, en ce cas-là'

Tonton recteur, qui avait ouvert son bréviaire, dressa l'oreille et dit :

— Côte-de-Cuir du séminaire! Le petit boiteux qui commandait à Hennebon?

— Non, à Belz et à la Trinité.

— C'est juste.

— Voyons, mon oncle, s'écria Lily, vas-tu laisser dire!

— Oui, répondit tonton recteur, mais je préviens notre ami qu'il lui faudra marcher droit s'il s'engage sur ce terrain-là, car nous y sommes chez nous.

— Moi aussi, un peu, répliquai-je, et cependant j'hésiterais à prétendre que j'ai été part grande ou petite dans mon historiette, puisqu'elle est âgée de plus de quatre-vingts ans, mais je la tiens d'un témoin oculaire, et je puis citer mon auteur. Y est-on? Je commence :

A l'époque où je passais mes vacances avec ma famille aux environs de Lorient, nous habitions la propriété d'une très digne personne, nommée madame veuve Marguerite Leker, née Cohan, qu'on appelait aussi Patron-Marguerite, parce qu'elle avait commandé pendant des années et des années le chasse-marée le *Côte-de-Cuir*, faisant le service de la sardine fraîche entre Saint-Nazaire et Concarneau.

— Il y a donc des dames capitaines? demanda Lily.

— C'est rare; mais Patron-Marguerite passait pour un très bon marin. C'était une voisine pleine de bienveillance, grave, discrète et déjà fort âgée en 1850; bonne chrétienne, parfaitement entendue en affaires, et qui avait élevé par son travail sept enfants, tous bien placés, dont le cadet était curé de notre paroisse.

Elle vivait dans l'aisance, seule avec ses domestiques, presque tous mâles et vieux matelots, dans un grand manoir-ferme, connu sous le nom de la maison carrée de Kergado, dont elle nous louait une moitié à peu près formant un logis assez rustique, mais très vaste. Notre horizon y était de toute beauté. Nous étions sur le versant sud du Mont-Saint-Michel de la Trinité; car il y a plusieurs monts en Bretagne, parmi ceux qui dominent la mer, pour avoir l'honneur de porter le nom du grand archange. Des fenêtres de ma chambre à coucher, je voyais la tour de Belz par-dessus les fameuses pierres païennes de Carnac, tout le pays de lagunes où le bienheureux saint Cado joua un si beau tour au diable...

— Quel tour? fit mademoiselle Lily.

— Il sera peut-être dans l'histoire... Je voyais encore sur ma gauche le lugubre point d'interrogation que dessinent si nettement dans la mer les grèves de Quiberon, et au delà, Belle-Isle, toujours entourée de tempêtes. Notre maison carrée avait joué un rôle dans le drame odieux de Quiberon. En as-tu entendu parler, Lily?

— Oui, me dit-elle. Notre nom est deux fois sur la table de marbre noir à la Chartreuse d'Auray. Et nous étions aussi à la Pénissière avec Madame, et encore à Castelfidardo...

Le commandant me fit un signe et je sentis qu'il ne fallait point appuyer sur cette corde-là. Je repris.

— On disait que Patron-Marguerite avant été une très jolie personne, quelque cinquante ans auparavant, au commencement du premier empire. Maintenant,

elle avait une forêt de cheveux gris coupés ras dans les
rides de son front comme un vieil homme, et portait
habituellement un caban de marin par-dessus sa robe
de tiretaine ou *fustane*, taillée en douillette, ce qui ne
l'empêchait point de posséder les vertus de son sexe.
Elle était propre, avenante, toujours prête à rendre service, toujours de bonne humeur et savait mijoter une
cotriade de pironneaux comme jamais monarque n'en
a mangé sur son trône. La cotriade est la bouille-à-
baisse bretonne, et les pironneaux ou pelons qui nagent
par myriades de millions dans les courants de Groix
et de Belle-Isle sont des dorades en bas-âge.

Quand on voulait faire grand plaisir à Patron-Marguerite, il fallait l'appeler madame Cohan, de son nom
de demoiselle, non point qu'elle eût rien contre la
mémoire de son mari, mais il n'avait jamais été sur
l'eau. C'était un simple militaire, c'est-à-dire rien,
selon l'opinion des gens de mer.

Etant toute jeune fillette, elle avait vu la chouannerie
de 1795 et le nom de son chasse-marée, le *Côte-de-Cuir*,
rappelait les rapports de grande amitié qu'elle avait
eus avec l'humble général du petit corps d'armée de
la Trinité.

Il y avait, en cette année 1795, deux frères Cohan:
Mathieu, oncle de Marguerite, et Jouan, son propre
père, comme elle disait. Mathieu, après avoir été suisse,
maître-premier à la cathédrale de Vannes, était des-
cendu jusqu'à l'emploi profane de tambour « tapant
et clamant » de la commune de Lorient. Elle n'avouait
pas cela sans chagrin.

— Mon pauvre failli merle, me disait-elle, car elle
avait de la considération pour moi, on faisait comme

on pouvait dans ces bêtes de temps-là. Le principal
était de garer son cou entre ses deux épaules, avec la
tête au bout. Nous avions le Jean Bon-Saint-André qui
en coupait, qui en taillait... Pas bien mauvais au fond,
ce Jean Bon-là, à part sa guillotine, car mon frère le
général l'appela une fois cuisse de lard, droit dans l'œil
(Jambon, hé? Vous comprenez le coq-à-l'âne?), et l'oli-
brius, au lieu de se fâcher, lui donna un assignat de
25 sous qui valait juste un liard. Mon frère n'était
qu'un galopin, c'est vrai, mais l'âge n'y faisait rien, à
preuve que j'étais là, regardant sur la place de la Commune, quand madame Hervé, la maîtresse d'école
d'Hennebon, monta à l'échelle avec son marmot. Le
pauvre innocent allait encore en robe. Le citoyen bourreau était pour lors cette peste de Kerjean, qui mit
l'enfant sous sa houppelande sans rien dire... Et il l'a
élevé, oui vraiment, avec de son argent à lui, dans sa
maison. Allez, il y avait tout de même du bon monde...
Mais voilà le plus cocasse! L'enfant, élevé de même, à
rebours du bon sens, au milieu des sans-culottes, connut le bon Dieu sans y voir goutte et poussa prêtre
comme une fleur dans du fumier, sauf respect ; et
quand le vieux Kerjean, qui en avait tant raccourci,
quoique pas méchant du tout, tira la langue à son
tour pour mourir, ce fut l'abbé Hervé, l'enfant de la
guillotinée, qui le dorlota en confession bien confessé,
et qui l'envoya nettoyé de tout péché mortel dans le
purgatoire. Par exemple, m'est avis que cette racaille
de Kerjean y grillera un bon bout de temps...

L'autre Cohan, le bonhomme Jouan, père de Marguerite, était paysan et fermier de la famille de Kergado, qui possédait en ce temps-là notre maison carrée

et dont treize membres échappèrent au massacre de Quiberon, par l'oreille de mer de Carnac.

— Ah çà, me dit, ici, tonton recteur visiblement inquiet, voilà encore une alliance de mots, oreille de mer, peu connue du côté de Vitré, et qui m'a tout l'air d'être aussi une histoire.

— Et une belle! m'écriai-je. Patron-Marguerite mettait trois jours à la conter à mes enfants, qui frémissaient de tous leurs membres, quand elle arrivait à l'endroit où le bon citoyen Le Huy, le « sauveur de prêtres », égarait les malheureux émigrés dans le souterrain...

— Mais quels émigrés? quel souterrain?...

— Je t'en prie, monsieur, me dit mademoiselle Lily avec une patience charmante que je ne méritais certes pas, ton histoire a toujours l'air comme si elle allait devenir bien jolie, mais il n'y en a pas dedans. Tu nous as promis Côte-de-Cuir, le bon tour de saint Cado, les oreilles de mer, le sauveur de prêtres... Commence par un bout, tu seras bien gentil.

Je ne pouvais pourtant pas avouer à mademoiselle Lily que tout cela était dans ma tête à l'état d'échafaudage, une forêt de matériaux où je me perdais moi-même du matin au soir. J'espère bien ne jamais terminer ce terrible roman-là!

La prétention de me faire « commencer par un bout » une chose qui n'avait point de queue et qui manquait de tête, me parut tyrannique, et pourtant j'élevai la main de l'enfant jusqu'à mes lèvres : une pauvre jolie petite main si frêle! qui avait des veines bleues, mignonnes à faire pitié et je demandai docilement :

— Par où veux-tu que je commence, Lily?

— Par où tu voudras, monsieur.

— Eh bien, je vais te dire un conte...

— Bon! s'écria tonton recteur, c'est de l'effronterie!

— Un conte, poursuivis-je, qui vient aussi de Patron-Marguerite, et qui aura du moins l'avantage de faire bien comprendre ce que c'est qu'une oreille de mer. Cela nous servira pour l'histoire.

Et je commençai tout de suite :

— Il était donc une fois le petit Janic Picou, du bourg de Carnac, plus pauvre que Job, et de son métier saleur de sardines, il y a fort longtemps de cela. L'ouvrage n'allait point, et Janic courait grand risque de mourir de faim, quand la chance lui arriva de devenir puissamment riche et roi des congres par son mariage avec la princesse sans langue, héritière de tous les biens perdus en naufrage, depuis qu'on voit des accidents dans la marine.

— Et de quoi lui eût servi une langue à celle-là, demandait Marguerite Cohan, puisqu'elle était transparente et qu'on la regardait penser?

Janic ne savait ni lire ni écrire, mais il écoutait ce que les allants disaient, et les venants aussi, pour apprendre à gagner de quoi; et un matin qu'il avait été à la foire de Saint-Gildas vendre une poignée de sardines pressées qui donnent soif et font trouver le cidre bon, il entendit parler pour la première fois des oreilles de mer par où les garçons à marier de la Basse-Bretagne allaient chercher leur fortune dans l'ancien temps Etant curieux, il demanda : « Qu'est-ce que c'est? » On lui répondit : « Bien fin qui le sait. » Mais le grigou qui gagnait son pain à montrer les pierres païennes aux Anglais comme si c'étaient des curiosités, lui dit : « Moi, je suis plus savant que les livres, puisque c'est

mon état. Attrape à m'écouter, si tu veux. » Et il
dégoisa de même :

— Les oreilles sont pertuis de caves dont l'entrée ne
se voit point par le soleil, et qui vont où personne ne
peut dire dans l'endroit des naufrages, à travers la
terre et le sable et les roches et le fin fond de la grande
eau.

Janic voulut savoir où ça se trouvait au juste. Un
lui dit ici, l'autre lui dit là et le troisième ailleurs. Un
petit mal-bâti s'approcha et lui parla d'une belle oreille
qui est à la Chapelle-Blaud, dans l'ancien puits tari du
château de Rohan-Rohan, mais c'est loin, et elle ne
va que jusque vers le Portugal d'Espagne, tandis que
l'oreille de mer de la Genaie-Bibet, au Nor-ord-ouâs de
la maison carrée de Kergado et juste au-dessus des pierres plantées, est tout près, à commodité du bourg de
Carnac, et va à volonté plus loin que les colonies. Seulement, personne n'avait jamais pu la trouver dans
les grands genêts, hormis le tailleur bossu de Plouharnel.

Il faut savoir que tous les tailleurs bossus sont sor-
ciers et mentent la bonne aventure. Janic s'informa
pour savoir où pêcher celui de Plouharnel, et le mal-
bâti lui montra sa bosse en disant : « C'est moi. »

Avec six liards qu'il avait eus de ses sardines ven-
dues, Janic Picou marchanda le bossu de Plouharnel et
lui acheta le secret pour entrer dans l'oreille de mer
de la Genaie-Bihet. Quel est ce secret? Dame! si je le
savais, j'aurais de belles rentes, rien qu'à le vendre
un sou, car tout le jour le nombre augmente des garçons qui veulent gagner fortune sans faire œuvre de
leurs dix doigts.

Toujours est-il que Janic Picou, ayant pris son courage à deux mains, un beau matin, se coula dans la Genaie, chercha l'oreille, la trouva et y entra. Cela commençait par un terrier de renard où l'on entendait crier la barre de la rivière d'Etel, comme si elle eût été à trente pas. Puis cela s'élargissait en pertuis de voûte, et Janic, au bout d'un moment, put y marcher tout debout.

Il descendit droit devant lui. Tant qu'il fut sous la terre ferme, il n'y voyait goutte, mais enfin une lueur lui arriva qui grandit et devint une belle lumière, comme s'il y avait quelque part au-dessus un soleil vert qu'on n'apercevait pas.

Janic marchait sur du sable très fin, et ça ne lui fut pas difficile de comprendre qu'il était entré dans la mer sans du tout s'en apercevoir, puisque les poissons passaient le long de lui, si près qu'il pouvait leur caresser le dos. S'il avait eu sur le quai de Lorient tous le bars et tous les mulets, tous les turbots et toutes les soles que son chemin croisa ce matin-là, il aurait pu charger bien des voitures pour la halle de Paris; mais il cherchait mieux que de la marée et repoussait du pied les superbes homards qui allaient par troupeaux dans les roches polypières ressemblant à des montagnes de fleurs.

Ça l'étonnait bien un peu de pouvoir respirer sans gêne en pareille compagnie, mais il ne se fâcha point et se mit à chercher les trésors qui pavent le fond de l'eau. Il faut un apprentissage pour ça comme pour tout le reste. Ceux qui ne savent pas marchent dessus sans les voir, à cause du sable, des roches et des herbes qui les couvrent. Janic Picou foulait aux pieds toutes les richesses perdues de la terre, de l'or, des perles, des cachemires, et de la cannelle, et des clous de girofle, et du bois de santal, et des balles de café, et des colliers d'ambre; n'en sachant rien, il courait risque de s'en aller comme il était venu, quand il rencontra enfin la princesse sans langue qui se promenait avec sa cour par cent brasses au fond dans une futaie de goémons plus hauts que des chênes, de l'autre côté de Belle-Isle-en-Mer.

Je ne me souviens pas que Patron-Marguerite m'ait jamais fait un portrait bien précis de cette demoiselle, reine des congres, qui pouvait passer pour le plus riche parti de l'univers. Elle était jeune, jolie et bien élevée, voilà la vérité, avec des cheveux couleur d'oseille, des nageoires en tulle brodé et une queue comme toutes les princesses.

Sa conduite passait pour honorable à Carnac, où, Dieu merci, le petit Janic avait bien souvent ouï parler d'elle, et il la reconnut tout de suite, traînée qu'elle était dans son carrosse de nacre, en forme de coquille, par quatre dorades, très bien harnachées. Trois dauphins, que nous appelons des grondins, caracolaient autour d'elle, portant avec respect son mouchoir, son éventail et son parasol.

Janic Picou la salua avec politesse et lui dit : « Bonjour à vous, ma reine. » Rien que pour cela il eut à choisir entre quatre écus et un navire chargé de riz qui venait de couler bas. Il prit les quatre écus, ne sachant commment emporter le navire au bourg de Carnac, mais cela ne fit que le mettre en goût et, voulant se rendre agréable, il demanda à la reine si par hasard elle aimait la musique.

De répondre elle ne le pouvait, n'ayant point de langue dans sa bouche; mais Janic vit au travers d'elle qu'elle aurait plaisir à entendre le cantique de Sainte-Anne d'Auray qui est si doux (1) :

« Sainte Anne, vous êtes la patronne des malheureux dans le danger : Parlez pour nous à Jésus, notre Sauveur.

« Sainte Anne, mère de Marie, votre fille est reine des cieux : vous êtes la mère de la mère du Sauveur... »

Or, comment Jésus refuserait-il quelque chose à celle dont le nom signifie pleine de grâces et qui porta la pleine de grâces dans son bienheureux sein? Aussi le cantique de Bretagne la salue très puissante, et ses couplets montrent tour à tour le soldat, le matelot, le laboureur, le pâtour, l'ouvrier et la pauvre mère qui pleure au chevet de son enfant, élevant leurs mains vers le ciel et criant du fond de leur foi :

« Sainte Anne, sainte Anne, sainte Anne, patronne des malheureux dans le danger, priez pour nous, car le Sauveur Jésus ne refusera jamais une grâce à la mère de sa mère. »

Mais ce petit Picou ne savait point le doux cantique; il n'avait appris que la ronde de Plestin, qui se danse en sabotant aux pardons de la côte, et il chanta :

> A Sainte-Anne en Auray,
>   J'irai,
> Pieds nus au long de toute
>   La route,
> Et je lui porterai,
>   De vrai,
> Le   plus beau ruban qu' j'aurai !

La reine battit des mains et fit signe à son intendant (je ne sais pas quel poisson c'était) de donner quatre

---

(1) Ce cantique se trouve en breton et en français dans le charmant petit livre de madame Vattier sur le pèlerinage de Sainte-Anne d'Auray.

louis d'or. Vous pensez, Janic ne fit ni une ni deux, il se mit à danser sur les pieds, sur les mains, sur la tête, et la reine fut si contente de cette fois qu'elle ordonna par signe à son premier ministre de le demander pour elle en mariage.

Alors le petit Picou, qui était le dernier de douze frères et de douze sœurs, fut roi; il eut son pesant de pistoles et le pesant de ses douze frères, et le pesant de ses douze sœurs, et encore des cargaisons de navires à volonté, sucre candi, vins d'Espagne et pierres précieuses, si bien qu'il put établir toute sa nombreuse famille à manger du lard à même, tant que duraient les jours que Dieu donnait. Et l'on dit qu'ils se relevaient la nuit pour en remanger. C'était agréable.

Mais voici le revers de la médaille; avec la gourmandise rien ne finit comme il faut. La reine des congres, devenue madame Picou, avait averti son mari qu'une catastrophe arriverait s'il s'avisait de la héler par son nom de demoiselle, qui était Merluche tout uniment. Une fois roi, Janic s'était fait nommer adjoint au maire, et pour tenir son rang, il avait pris l'habitude de boire douze potées de cidre entre ses repas. Un triste soir qu'il en avait bu treize, il se trouva incommodé, et sa reine, lui ayant manifesté par signes quelque mécontentement de son intempérance, il dit :

— As-tu fini, merluche!

A ce nom, par un ciel sans nuage, temps superbe, ni pluie ni vent, il y eut un coup de tonnerre à tout casser, et la catastrophe prédite arriva. La reine Picou joua de la langue, preuve qu'il lui en avait poussé une, et s'écria :

— Ivrogne d'adjoint!

Ensuite de quoi, elle disparut, tête première, sous

la forme d'un très beau cabillaud ou morue fraîche, dans l'oreille de mer, qui se referma sur elle tant et si bien que personne, depuis lors, n'en a retrouvé l'entrée dans la Genaie-Bihet. Mais elle y est toujours quelque part, bien sûr, car les nuits de gros temps, quand il vente du bas, on ouït la voix de la merluche qui vient de loin, loin au large, et qui clame :

— Ivrogne d'adjoint! ivrogne d'adjoint!

Et il faut bien que ce soit à cause de Janic Picou, car sans ça la voix qui chante pouille aux ivrognes n'aurait garde d'oublier M. le maire...

Il faisait un magnifique temps de septembre, la marée ne montait presque plus; mais elle était si haute que le soleil incliné à l'horizon allumait de rouges reflets jusque dans les terres, à travers les arbres, partout où les ruisseaux refoulés se gonflaient. Mademoiselle Lily me souriait, car elle était très bien élevée; mais souvent les enfants qui souffrent sont intelligents au-dessus de leur âge, et je voyais clairement que mon conte ne l'avait point émerveillée. Le fait est que la morale n'en est pas riche; cependant il en a une autre encore, et Patron-Marguerite ajoutait que Janic Picou mourut de soif, parce que chaque fois qu'il essayait de faire la monnaie de son or pour boire des potées au cabaret, les pistoles de l'ancienne madame Picou, restaurée reine des congres, se changeaient en bigorneaux.

— Monsieur, toi, me dit très poliment la chère petite fille, est-ce que tu crois à tout cela?

— Je crois à Patron-Marguerite, répondis-je, et tu vas croire à elle aussi, Lily, sois tranquille, avant que notre histoire soit finie. Elle est à compartiments, notre histoire, tu vas voir arriver le moment où Patron-Marguerite n'aura plus que dix-sept ans et prendra sa course comme une biche à travers les hautes tiges de genêts, pour porter, sous une grêle de balles, la trempée de lait caillé et la galette de blé noir aux chouans cachés dans l'oreille de mer.

J'avais besoin de l'oreille de mer. Je t'ai dit le conte de Carnac tel quel : les contes et les chansons de Bretagne ne doivent point être altérés par les Bretons, mais Marguerite Cohan, notre vieille amie, était au fond du même avis que toi, car elle avait coutume de nous dire en achevant ce conte, préambule de ses récits :

— Voilà donc qui est bien entendu par tout le monde, enfants et grandes personnes, que les oreilles de mer sont des écoutilles pour communiquer avec le fond de cale de la terre qu'on ne connaît pas et où l'eau salée entre comme chez elle. S'il y a une reine des congres, je n'en sais rien, mais une femme sans langue, je demande à la voir pour y croire; dans tous les cas, je lui défends d'ouvrir son parasol et de balancer son éventail au large de Belle-Isle par cent brasses et même par vingt-cinq de fond, puisque ça ne se peut pas, ni peu ni beaucoup; et toutes ces balivernes-là, c'est les faiblesses! J'ai fait le cabotage cinquante-trois ans durant, et je n'ai jamais rencontré ni la grande Morgatte, ni l'homme bleu des couraux de Groix, ni le voltigeur d'Hollande, ni rien. Mais bien au contraire, les oreilles de mer sont dans la nature comme vous et moi. Feu M. Leker, mon homme, tournait ses pouces pendant que je naviguais et en savait long en sa qualité d'ancien militaire, propre à rien. Il

disait que la douane existait avant le déluge. De lire les
livres ça ne sert pas, mais ça désennuie ceux qui ont
du goût pour fainéanter à ne rien faire. Et il ajoutait,
j'entends défunt M. Leker, que toutes les oreilles de
mer, le long de la côte, en France comme en Angleterre où il y en a des tas, ont été creusées de main
d'homme, contre la douane, pour la commodité de la
fraude, qui est encore plus ancienne que les gabelous.

L'oreille de la Genaie-Bihet, entre autres, fut fouie
bellement à pelle et à pioche par les fraudeurs de la
maison carrée de Kergado, où nous sommes présentement. Pourquoi? Parce que les denteliers de Jersey
amenaient leur point d'Angleterre ici près dans les
roches, sous le logis de M. Le Huy, le Nantais, qui
montait les ballots débarqués par le boyau. Et une
fois la marchandise dans les genêts, la douane pouvait
chercher. M. Le Huy gagnait gros déjà, mais pas tant
que plus tard, quand il devint sauveur d'émigrés et de
prêtres. Voilà un vrai bon métier! mais pas pour les
prêtres, ni pour les émigrés...

— Et alors, dit mademoiselle Lily, tu vas commencer l'histoire de ce coquin-là?

— Je t'en souhaite! fit tonton recteur; il va enche-
vêtrer, c'est son état!

— Le fait est, répondis-je, que nous n'y sommes
pas encore, il faut d'abord que je vous apprenne comment le cousin germain de Patron-Marguerite, René
Bruslé, fils du maître d'hôtel de M. de Kergado, celui-
là même qui tint les Bleus si longtemps en échec derrière les pierres de Carnac et dans les genaies de la
paroisse de Belz, acquit son surnom de Côte-de-Cuir.
Ne vous étonnez pas si je prends malgré moi les façons
de parler de Patron-Marguerite. A mesure que je me

souviens, il me semble que j'entends encore son accent
lorientais. Je n'ai qu'à fermer les yeux pour la revoir
tourmentant sa coiffe de dentelle, qui tenait mal sur sa
tête grise et qu'elle ôtait sans cesse comme une cas-
quette, pour la remettre toujours de travers. C'est elle
qui parle ici bien plutôt que moi :

René Bruslé étudiait au séminaire de Vannes pour
être d'église, quand les écoliers se fâchèrent en appre-
nant que le bon roi Louis XVI était prisonnier au Tem-
ple à Paris.

René Bruslé était un tout petit jeune homme, au
regard doux et bien gentil, qui avait l'air d'une demoiselle; il avait pour ami un grand gars d'Hennebon,
plus âgé que lui un peu, fort en thème et pas malin,
qui s'appelait Etienne Engoulvan: Etienne était très
bonne personne et bâti en bœuf; il soulevait des
moyeux de charrette à bout de bras; son correspondant
était un avocat de la ville qui lui apprenait les chansons du moment, où il y avait des cœurs sensibles, du
sang impur, de l'Etre suprême et le plaisir de voir
lever l'aurore. Engoulvan donnait là dedans; quoiqu'il
fût pieux à sa manière, qui n'était peut-être pas la
bonne.

Le jour où les écoliers révoltés quittèrent le séminaire, Etienne Engoulvan partit avec les autres, mais
il refusa de coudre comme eux sur sa poitrine le cœur
et la croix, disant qu'il était du parti de la lumière
contre les ténèbres, et il monta sur un talus pour répéter la chanson de son avocat : « Egalité, fraternité,
ôte-toi de là que je m'y mette, etc. » Si bien que les
écoliers qui n'étaient pas en humeur de plaisanter,
voulurent lui faire un mauvais parti. René, le voyant

seul contre tous, vint à son aide; tout mièvre qu'il était, il avait du nerf; quand il l'eut dégagé, Etienne lui dit :

— Je savais bien que tu viendrais avec moi, petit.

— File ton câble, mon gros, lui repartit René. Tu est plus bête que méchant; mais c'est égal, moi et toi on n'a pas la même route; je vas du côté qu'il faut, toi de l'autre. Bonsoir sans revoir, je ne te connais plus.

— Il faudra bien que tu me connaisses, répondit Engoulvan, quand la république m'aura nommé ton évêque!

Et il détala. Je crois que René et lui s'embrassèrent tout de même en se quittant.

Le lendemain, l'armée des petits calotins, comme on l'appela tout de suite, se mit en marche sur Rennes et Laval pour aller délivrer le roi à Paris. Ils étaient quatre cents écoliers assez bien harnachés, parce qu'ils avaient désarmé la garde bourgeoise dès le premier soir. Deux ou trois cents paysans vinrent les rejoindre pendant qu'ils allaient.

Ils prirent d'assaut Ploërmel, Plélan et le château de Josselin qui était aux messieurs de Rohan; ils battirent les fédérés au moins une demi-douzaine de fois avant de recevoir leur premier atout, sous Saint-Malo de Beignon, à six lieues de Rennes, où ils comptaient arriver le soir même. Ils s'étaient trouvés là tout à coup en face des fédérés de Saint-Méen, retranchés dans une bonne position et soutenus par la garnison de Rennes même, qui avait amené jusque-là deux canons de l'arsenal.

Les petits calotins livrèrent néanmoins bataille, sept cents qu'ils étaient environ contre onze cents. Ils furent repoussés après trois heures d'assaut, et perdirent leur chef, un gars de Port-Navalo, qui mourut en disant : « Je vais à Dieu prier pour ceux qui se trompent. *Magnificat!* »

Alors ils commencèrent à reculer, un peu plus vite que le pas, n'ayant plus leur content de cartouches, jusqu'à Plélan d'abord où ils se reformèrent, puis jusqu'à Josselin en bon ordre. Ils comptaient trouver là des munitions, mais la petite garnison qu'ils avaient laissée n'y était plus, et ils continuèrent leur retraite jusqu'au delà de Vannes, qu'ils tournèrent.

Ils n'étaient plus que trois cents et avaient beaucoup de blessés.

Un matin, en se repliant sur Auray, ils s'arrêtèrent au tertre de Kerletaz, à gauche de la grande route, en bataille, et prirent position pour recevoir les fédérés de Vannes qui avaient eu vent d'eux et arrivaient en nombre. On venait de leur distribuer quelques paquets de cartouches, apportés de Vannes aussi par des femmes de matelots.

René Bruslé était malade, non point d'aucune blessure reçue, mais des fièvres du Morbihan qu'il avait gagnées. Il allait dans une charrette à bras sur un peu de paille. Aux premiers coups de fusil, il vint se mettre à son rang avec celui qui le traînait. Il était simple soldat, ni plus ni moins que les autres, car depuis la mort du bon gars de Port-Navalo, personne ne menait.

Personne non plus ne s'inquiéta de savoir si René avait le frisson et s'il tenait seulement sur ses jambes. On était là pour mourir; malade ou bien portant, sûrement ça ne faisait rien, puisqu'on avait l'état de grâce.

Et rataplan! Et pif! et paf! Voilà la danse commencée.

C'était un 14 août, veille de l'Assomption. Tous les

cabarets des bourgs et de la route s'étaient vidés pour célébrer la ci-devant fête sur le dos des petits calotins, car les ivrognes n'aiment pas ceux qui disent leurs prières. Au moment où la troupe de Vannes ouvrait son feu, une autre colonne de garde bourgeoise déboucha au détour de la route du côté d'Auray, venant d'Hennebon, trompette en tête. Ça se gâtait durement, c'est certain, pour ceux du séminaire.

— Finissons toujours les patauds de Vannes, dit René qui se sentait un petit peu mieux rien qu'à l'idée de jouer des mains.

Depuis qu'ils n'avaient plus de chef, on obéissait au premier qui fonçait bien comme-il faut, c'était la règle, et il paraît que de sauter sur les baïonnettes, quand on n'est pas lardé en route, c'est un exercice qui ravigote, car René avait déjà meilleure mine, et quand il racontait ça plus tard, il disait : « Si ça avait été seulement des Anglais, ah! mazette! quelle tisane contre la fièvre! »

Il tapa dur. Les citoyens de Vannes furent culbutés si proprement qu'on aurait dit un coup de balai, et après ça, René se trouva tout à fait bien; seulement, il laissa les fuyards gagner au pied sans les poursuivre, parce que la fusillade roulait en tonnerre derrière lui. C'était Hennebon qui attaquait, commandé par un grand, gros bonhomme de beau garçon à cheval, qui avait assez de plumets autour de son chapeau pour habiller toute une basse-cour, et des ganses, et des glands, et des franges, et des écharpes... Ah! ah! dans ces temps-là les vrais soldats de la République allaient à la frontière en guenilles, mais les mirlitons civils et avocats d'un sou qui faisaient carnaval à l'intérieur s'en mettaient, de l'oripeau, en veux-tu, en voilà!

Celui-ci, au moins, n'avait pas froid aux yeux. Il avait abordé la position de Kerletaz, pendant que les petits du séminaire rossaient la première troupe de fédérés, et quand René fit volte-face, il vit les paysans qui descendaient le tertre à la débandade.

Dire que ça lui plut, non, ce serait mentir; mais il n'était point trop sujet au péché de colère. Sans se fâcher, il arrêta les premiers fuyards à grands coups de crosse et les ramena bon gré mal gré à la rencontre du beau garçon emplumaillé qui avait mis pied à terre pour besogner plus à son aise à la tête des bourgeois d'Hennebon.

Sans celui-là, les citoyens n'auraient pas pesé lourd; mais c'était un rude bonhomme, qui avait vraiment du cœur à son ouvrage.

Après le premier feu, on se crocha, main à patte, et c'est certain que les petits calotins n'avaient pas l'air d'être les plus forts. Ils se disaient, quand ils avaient le temps, par hasard, de regarder à travers la poussée : « Où donc avons-nous vu déjà cet Holopherne avec sa passementerie, ses plumeaux et tout son écarlate? »

Car ils l'avaient vu déjà quelque part, là ou ailleurs, ils en étaient sûrs, mais le grand sabre du citoyen délégué (c'était un délégué, s'il vous plaît) ne leur laissait pas le loisir qu'il fallait pour deviner la charade.

Ils en étaient à jeter leurs langues aux chiens, ceux qui n'étaient pas encore couchés dans la poussière de la route, quand la charade elle-même, en chair et en os, se mit à causer breton pour les tirer d'embarras.

— Dites donc, tas d'innocents, mes amis, s'écria le citoyen délégué en ôtant ses plumets pour essuyer son font d'un revers de main, est-ce qu'on ne va pas finir? Croyez-vous que ça m'amuse de vous débiter comme des veaux?

— Engoulvan! c'est ce bêta d'Engoulvan! fut-il dit
de toute part. Ils n'ont qu'un coq parmi tant de poules,
et ils l'ont pris au séminaire!

Quoique le moment ne prêtât point à rire, il y en eut
plus d'un pour éclater tant ils trouvaient leur ancien
camarade bien déguisé sous son costume de paillasse.
Mais lui ne riait pas. Il était fier comme l'âne des
reliques, dans le fablier.

— Vous savez, reprit-il, je suis en train de convertir
la république; ce n'est pas difficile du tout, il ne s'agit
que de faire des concessions. L'Eglise ne gardera rien,
la république prendra tout, et elles vivront toutes deux
en famille. J'attends la réponse de Paris, où j'ai écrit
pour pétitionner qu'on choisisse dans l'Evangile le
nom du nouvel Etre suprême et que Notre-Dame de
Recouvrance soit installée sur l'autel de la Raison. Ça
leur est bien égal. Avec des concessions, tout s'arrange.
Le roi promettra d'obéir aux avocats, et on lui pardon-
nera pour cette fois. Je suis meilleur chrétien que
vous.

On lui répondit par une huée. Il n'en parut point
mécontent et poursuivit :

— Tous les grands hommes ont été hués, c'est
connu. Allons, rendez-vous avant que la moutarde me
monte au nez; vous voyez bien que vous n'êtes pas de
force contre moi!

Puis, se campant comme ceux qui arrachent des
dents à la foire, il ajouta sur un ton véritablement ma-
jestueux :

— Citoyens égarés, victimes de l'obscurantisme, je
ne vous en veux pas. La nation d'Hennebon m'a choisi
pour enflammer le courage de ses enfants et les guider
à la victoire. On est tous des frères, pas vrai, c'est évi-

dent. Dépouillez la livrée de la tyrannie et criez : Vive
la république! puisque c'est mon idée, sinon descendez
au cercueil!...

Il interrompit cette éloquente apostrophe pour dire
bonnement et même avec une certaine émotion :

— Tiens, voilà Renot! Bonjour, petit Renot!

René Bruslé, en effet, que le hasard de la mêlée avait
tenu éloigné de lui jusqu'alors, s'approchait en s'ap-
puyant sur une épée qu'il venait d'arracher quelque
part. Il avait l'air de ne plus tenir sur ses jambes.

— Bonjour, Etienne, dit-il; tu n'étais que bouché
autrefois, est-ce que tu serais vraiment devenu coquin?

Pour de la méchanceté, Engoulvan n'en avait pas
seulement un brin, mais de porter des crêtes rouges
comme les dindons, ça rendait les patriotes suscep-
tibles. Il mit la pointe de son grand sabre sous le nez
de son ancien ami, qui lui donna de son épée sur les
doigts. Jeux de main, jeux de vilain. On fit cercle autour d'eux, comme aux jours d'autrefois, quand deux
chevaliers décidaient du sort d'une bataille par un
combat singulier.

Ce ne fut pas long. Un petit moment après, le grand
sabre avait fait au-dessus de la hanche de René Bruslé
une entaille de bûcheron où passer le bras, et Engoulvan gigotait sur l'herbe, les quatre fers en l'air, embroché par l'épée comme un chapon. Ils n'avaient frappé
chacun qu'un seul coup, qui était bon.

Et tu vas bien voir, mademoiselle Lily, ma chérie,
que ce gros nigaud d'Engoulvan n'avait point mauvais cœur. Ses dernières paroles furent pour dire avec
mélancolie, mais sans faiblesse :

— Voilà pourtant les inconvénients de la guerre
civile entre compatriotes d'un même pays! Moi et Renot,

on était ensemble au séminaire pires que Damon et Pithias, et on s'est entre-massacré sans miséricorde; c'est malheureux. Je spécifie devant tous que je meurs en chrétien dans le giron de la sainte Eglise, demandant à Dieu pardon de mes péchés; mais je meurs républicain aussi, ce qui prouve bien qu'on pourrait s'entendre... C'est égal, jamais je n'aurais cru qu'un rat comme Renot serait dans le cas d'abattre quelqu'un de ma taille. Sans rancune, eh! petit Renot!

Il se coucha dans son sang, et ce fut fini.

René Bruslé, lui, n'en dit pas si long. Il tenait son flanc ouvert à deux mains.

— En avant! cria-t-il à ceux qui voulaient le secourir. On dira le *Requiem* pour le pauvre Engoulvan et pour moi, quand la place sera nette.

Et ce fut bientôt fait; les fédérés d'Hennebon, dès qu'ils n'eurent plus leur panache, tournèrent casaque vivement, et René fut nommé général en chef du séminaire, sur le champ de bataille, pour récompense de sa belle conduite.

Pour le moment, il n'en fut pas plus fier, car son entaille le guillotinait par le milieu du corps; il ne pouvait remuer ni pied ni gigue, et cependant il avait encore de l'idée, car il se souvint du cheval sur lequel Engoulvan était monté tout à l'heure.

— Attention à bien faire l'ouvrage, dit-il; quand on n'a pas de rebouteux, on s'en passe. C'est de me coller une côte à l'endroit du coup de sabre.

Les autres se demandaient avec quoi on pourrait lui menuiser cette côte dont il avait besoin; il reprit :

— Débouclez la sangle du bidet d'Etienne et mettez-moi mon mouchoir de poche dans ma fente, par-dessus quoi vous me sanglerez bien sanglé, et à la grâce de Dieu! on verra si ça tiendra.

Mademoiselle Lily, tu n'es pas bien grosse, mais ce ne sont pas les plus gros qui résistent le mieux. Il y en a de ces mièvres-là qui sont tout en acier. Dès que mon petit général René fut sanglé, il s'endormit; on le remit dans sa brouette à laquelle le bidet fut attelé, et le voilà parti, geignant et ronflant tout à la fois. Je ne sais pas si pareil pansement réussirait à tout le monde; mais le vrai, c'est que le séminaire arriva tout d'une traite aux pierres plantées de Carnac où il s'installa commodément; René Bruslé s'éveilla sous la plus haute de toutes les roches, celle qui a nom la « Toupie de César, » et à dater de ce moment-là son entaille ne l'empêcha jamais un seul jour de se battre comme un dératé. Seulement, dans les premiers temps, pour ne pas trop taquiner sa fente, il faisait la guerre à cheval sur le bidet du pauvre défunt Engoulvan, et dès qu'il ôtait sa sangle il avait la colique à faire pitié.

Ce fut à cause de quoi on le nomma tantôt le général, tantôt le capitaine Côte-de-Cuir, car le grade n'y fait rien, et lui, quand il écrivait des lettres, signait tout bonnement : « René Bruslé, soldat de Dieu et du roi. »

Lily, tu sais cela aussi bien que moi, puisque tu es une petite chouanne : de Nantes jusqu'à Rennes au levant, jusqu'à Quimper au couchant, on connut bientôt ce nom de Côte-de-Cuir qui s'entendait de partout comme les coups de canon; et une fois que René Bruslé fut happé prisonnier dans une embuscade, devers la ville de Redon, sur la Vilaine, le citoyen Carrier de Nantes, celui-là même qui poussait la gaieté révolutionnaire jusqu'à marier les noyés entre prêtres et reli-

gieuses, voulut faire une fête nationale tout exprès
pour couper le cou du fameux Côte-de-Cuir en cérémonie.

Il y eut des affiches et des proclamations. Tous les
plumets dans leur joie embrassèrent toutes les écharpes. Ils étaient si contents, si contents, qu'un ordre du
gouvernement arriva, disant que pareille réjouissance
était trop friande pour la province, et qu'il fallait payer
ce spectacle aux sans-culottes de Paris.

En conséquence de cette dépêche, si flatteuse pour
son amour-propre, René Bruslé fut empaqueté bien
serré, et dirigé non plus sur Nantes, mais sur Rennes,
où le citoyen Pocholle rivalisait de sanglantes plaisan-
teries avec le citoyen Carrier et aussi avec le citoyen
Lecarpentier, qui régnait de Saint-Malo à Granville, à
cheval sur la Bretagne et la Normandie.

Ces trois respectables collègues voulurent accompa-
gner Côte-de-Cuir dans la capitale, pour s'offrir eux-
mêmes en admiration à la population parisienne, qui
n'aurait sans doute pas assez d'yeux pour contempler
le trio des vertueux proconsuls, amenant captif et
chargé de chaînes un des monstres les plus féroces de
la forêt bretonne.

En vérité, ce René Bruslé n'avait pourtant pas l'air
d'un tigre d'Hyrcanie. On le faisait marcher à pied,
les mains assujetties par de lourdes menottes; il boitait
beaucoup et très bas; il avait la taille d'un enfant et un
visage de jeune fille sous ses cheveux coupés en rond
« à l'écuelle ». On lui avait laissé sur la poitrine la croix
et le cœur, signes de son vœu, mais sa cocarde blanche pendait derrière son dos, attachée par une ficelle.

Ainsi accoutré, il traversa les villes et les bourgs
entre quatre gardiens, dont chacun tenait une laisse.

Deux de ces laisses étaient nouées autour de ses jarrets, les deux autres formaient cravate à son cou. Ni toi ni moi, mademoiselle Lily, nous ne pourrions nous échapper, si nous étions maintenus ainsi.

Côte-de-Cuir arriva à Rennes, sans avoir même tenté une évasion impossible. On lui fit une réception de toute beauté; il fut promené dans la ville basse entre deux haies humaines, toutes fleuries de menaces et d'invectives, et finalement cadenassé à la prison de la Tour-le-Bat. Ses quatre gardiens couchèrent près de lui, deux en dedans, deux en dehors de la porte.

Il y avait à sa cellule une fenêtre meurtrière, où un lièvre n'aurait pu passer. La fenêtre donnait sur un terrain planté de grands peupliers dont les feuilles bruissaient au vent du soir. René Bruslé essaya de dormir et ne put; il était tourmenté, pensant qu'il avait encore bien des choses à faire là-bas, dans le Morbihan où ses camarades l'attendaient.

Quand la lune vint et qu'il put mesurer de l'œil la meurtrière, il se retourna de l'autre côté pour ne la plus voir, tant il comprenait qu'il y aurait eu folie à concevoir une espérance.

Et pourtant ce fut par cette fissure si étroite que la première espérance se glissa dans son cachot. Vers minuit, en effet, un merle chanta tout en haut des peupliers. A pareille heure les merles ne chantent guère. René tendit l'oreille. Une voix dit à la meurtrière, bien bas :

— *Sancta Anna.*

— *Ora pro nobis*, répondit René, presque involontairement.

— Tais-toi, bandit! commanda un des gardiens avec rudesse, et tâche d'avaler tes patenôtres!

René obéit, il se tut, mais il savait maintenant pourquoi les merles chantaient, cette nuit, dans les peupliers de la ville de Rennes, et la patenôtre qu'il avala
fut une ardente action de grâces. Au dehors, et tout
près de lui, il y avait au moins un des petits du séminaire. René s'endormit tranquille, parce qu'il n'était
plus seul dans son malheur.

Au point du jour, il fut éveillé par un gravier, qui
lui piqua la joue; les deux gardiens ronflaient. Il
entendit qu'on disait quelque part, sous la meurtrière :

— Bon courage! Les Grénedan sont dans la forêt de
Rennes et du Boberil tient la route de Vitré.

— Eh! Côte-de-Cuir, bancal! cria-t-on en ce moment de l'autre côté de la porte, as-tu fait de jolis
rêves?

C'était ce farceur de citoyen Pocholle, le roi de la
commune de Rennes, qui avait toujours le mot pour
rire et qui venait souhaiter le bonjour à son prisonnier.

Il se fit ouvrir la porte en disant des choses aimables
aux gardiens de l'extérieur et entra tout guilleret, traînant dès le si bon matin son sabre de parade, ses quinze
aunes d'écharpes et ses bottes d'égoutier à plumes. Et
gai, gai, gai! Il guillotinait beaucoup, mais joyeusement et sans rancune. Les citoyennes tricoteuses lui
auraient volontiers dressé des autels, tant il répandait
de bonne humeur autour de l'échafaud.

Il se fit apporter une escabelle et s'assit auprès de
René sans cérémonie.

— Eh bien! citoyen calotin, dit-il en éprouvant lui-
même les menottes d'un toc toc caressant, donné avec
un beau petit marteau qu'il avait apporté tout exprès
pour cela, te voilà donc empaqueté; vive la liberté! Je
parie que tu n'as pas encore vu la capitale? C'est une

occasion; le vent est du haut et ma grenouille annonce un mignon temps pour notre voyage.

Il lui prit le menton d'amitié, ajoutant :

— J'ai été aussi pour être prêtre, mais J'avais trop d'esprit, outre mon tempérament qui est folâtre. Par goût, je n'aime pas tuer les gens; mais il faut bien que tout le monde vive.

Il eut un bon rire et poursuivit encore :

— Tu sais que du Boberil t'attend pour te délivrer sur la route de Vitré et l'aîné des Grénedan sur celle de Fougères, dans les futaies de mi-Forêt. Comment vous apprenez ces choses-là, je n'en sais rien, mais vous les apprenez, voilà le fait, et ça nous est bien égal parce que nous sommes encore plus fins que vous. Reste la route de Normandie, mon ami, qui est libre comme l'air. Nous allons piquer droit sur Antrain où nous souperons. Aimes-tu les coques? Et pour donner le temps à la municipalité de Paris de te préparer une vraie jolie fête, on te verrouillera jusqu'à samedi prochain, dans cette vieille niche à superstitions, le Mont ci-devant Saint-Michel d'où les rats ont chassé l'ex-archange... hé, hé, hé, j'ai pourtant cru à tout ça... et j'y croirai peut-être encore, si la mode en revient : il faut suivre son siècle à hue, à dia, partout où il tourne, et tirer son épingle de tout jeu. Je vas déjeuner avant de partir, et bon appétit je me souhaite. A te revoir, citoyen gredin, je fais mon état qui est bon, comme tu fais le tien qui ne vaut pas le diable; je mange du poulet, toi du pain noir, tout sec, et encore je ne m'en plains pas! Salut et fraternité.

Côte-de-Cuir n'avait pas encore ouvert la bouche, mais il dit quand le gai proconsul se leva pour s'en aller :

— Mon frère Pocholle, vos gens m'ont arraché mon
chapelet, faites qu'ils me le rendent, je prierai le bon
Dieu pour vous.

— Tope! répliqua Pocholle tout de suite. Je suis
d'avis qu'il faut se faire des amis partout, quand ça ne
coûte rien, même dans le ci-devant paradis!

Côte-de-Cuir eut son chapelet en même temps que
son pain noir et ne déjeuna point trop mal. Tout de
suite après, un roulement de tambour annonça le départ qui eut lieu en grande pompe. Le cortège s'ouvrait par des bonnets rouges à cheval que suivait un
antique carrosse de style Louis XIV, réquisitionné à
l'hôtel de Caradeuc, et où se pavanait le citoyen Carrier avec les citoyens Pocholle et Lecarpentier : énormes sabres, pistolets à toutes les ceintures, et paquets
d'autruches qui auraient suffi à décorer vingt corbil-
lards. Derrière encore venait une escouade de soldats
déguenillés marchant dans des souliers sans semelles.

Les proconsuls avaient publié à son de trompe qu'ils
avaient vaincu en bataille rangée et fait prisonnier le
commandant des forces royalistes de Basse-Bretagne,
à la tête d'une armée de quarante mille gars. Chacun
voulait voir le monstre.

A l'aspect du pauvre enfant, très beau de visage,
mais tout pâle, mais tout chétif de taille, et qui boitait, quelques viragos vomirent bien leurs injures ordi-
naires, mais les trois quarts et demi du vrai peuple
restèrent froids et beaucoup témoignèrent tout haut
leur étonnement compatissant. Ceux-là étaient, en vérité, trop nombreux pour qu'on les mît à la lanterne.

Comme on sortait de la ville par le faubourg d'Antrain, René Bruslé, qui marchait toujours entre ses
quatre gardes, entendit un merle chanter derrière la

haie d'une petite maison de campagne abandonnée. Il
tourna la tête sans affectation, et vit dans le jardin
deux bonnets phrygiens à fleur de la haie. Les deux
bonnets se haussèrent un peu au-dessus des épines et
montrèrent une paire de figures dont la vue fit battre
bien fort le cœur de René. C'était d'abord un petit
calotin, natif aussi du bourg de Carnac et qui avait
nom Cohan, comme Patron-Marguerite, sa cousine, et
c'était ensuite un gars du village de Kergado, appelé
Marmotte-en-Vie, de son nom de chouannerie.

Cohan figura un petit signe de croix entre ses deux
yeux comme on fait à la messe, avant l'Evangile, et
Marmotte-en-Vie, plus hardi, toucha du doigt son poi-
guet comme pour demander : « As-tu moyen de te
débarrasser de tes menottes? » Et René, peut-être au
hasard, branla la tête pour répondre : « Oui. »

Ce fut tout : les deux bonnets disparurent derrière la
haie, et la route se poursuivit sans incidents. De toute
la journée aucune autre apparition ne vint réjouir le
regard de René.

Vers midi, l'escorte s'arrêta en un bourg dont je ne
sais plus le nom, et les trois proconsuls firent un plan-
tureux repas, pendant que les soldats serraient leurs
ceintures sur leurs ventres vides et que les cavaliers à
bonnets rouges eux-mêmes se contentaient d'une très
maigre pitance, car dans ces pays si riches le malheur
des temps avait amené une misère effroyable. La réqui-
sitiou républicaine est une bien bonne chose, mais là
où il n'y a rien, elle perd ses droits. Côte-de-Cuir déjeuna d'une croûte de pain de munition qu'un soldat
lui donna, et en route!

On arriva à Antrain à la nuit tombante. Le merle
chanta dans les dernières broussailles du chemin, au

pied du faubourg, mais il faisait déjà **si** sombre **que** René eut beau regarder, il ne vit rien.

Le prisonnier fut écroué à la prison de ville qui était, comme presque partout alors, un ancien couvent, assez bien approprié en geôle et supérieurement clos. On le mit dans une cellule qui ressemblait à celle de la veille, sauf que la croisée était un peu plus large, et ses deux gardiens qui furent, comme la veille aussi, emmagasinés avec lui, déclarèrent, après avoir regardé à travers la vitre, que ce détail importait peu, vu la hauteur de l'étage. Pour s'en aller de là autrement que par la porte, derrière laquelle veillaient encore deux gardiens, il aurait fallu des ailes.

De la planche recouverte d'un peu de paille où on l'avait jeté, René regarda aussi; il vit une étendue de pays plantée d'arbres qui se perdait déjà dans le sombre, et tout au loin la mer que les derniers rayons du couchant faisaient briller faiblement. Entre la terre et les nuées, formant une bande rougeâtre, quelque chose se dressait que René devina pour être le Mont-Saint-Michel.

Il ne pouvait se mettre à genoux, mais il salua dans son cœur l'archange, « force de ceux qui combattent sous l'étendard de la croix, » et chercha parmi les médailles de son chapelet celle du chef très fidèle de la milice céleste, pour la baiser avec une ardente dévotion.

Toute la journée, la chaleur avait été accablante; dans ce trou étroit, fait pour loger un seul prisonnier, trois personnes pouvaient respirer à peine. Les deux gardiens, fatigués de la route, tombaient de sommeil, mais s'agitaient sur leur paille au lieu de s'endormir, tourmentés qu'ils étaient par le manque d'air et menacés d'étouffer. L'un d'eux se leva enfin, disant :

— La consigne est de ne pas ouvrir le hublot, mais je m'en moque. J'aime mieux quinze jours de bloc et même un mois que d'avaler ma langue dans cette boîte. Si on entre-bâillait la fenêtre?

— Va, répondit l'autre, ouvre-la toute grande pendant que tu y es!

Et ainsi fut fait. Aussitôt que l'air frais entra, les deux pauvres diables se mirent à ronfler à l'unisson; ceux du dehors répondaient en faux bourdon de l'autre côté de la porte. C'était un assourdissant concert.

René avait toujours gardé son chapelet à la main, depuis que le citoyen Pocholle le lui avait fait rendre généreusement pour se ménager une intelligence dans le camp de Dieu. Il se mit à le réciter de son mieux, quoique le ramage des ronfleurs lui donnât bien des distractions. Il l'acheva pourtant et s'endormit en baisant de nouveau la médaille de saint Michel qu'il avait décidément choisi pour protecteur. Quoique la croisée fût ouverte, il n'apercevait plus dans la nuit le vénéré sanctuaire du soldat de Jésus et de Marie.

Quand il s'éveilla, les gardiens ronflaient toujours; la lune s'était levée et frappait au loin le Mont de ses rayons si clairs qu'on l'eût dit revêtu de neige fraîchement tombée. C'était en vérité comme un phare de blancheur, illuminé par le regard du Ciel. René en éprouva une joie mystérieuse et, portant pour la troisième fois la médaille à ses lèvres, il dit : « O lumière des anges, me voilà dans les mains de ceux qui ont fait de votre maison magnifique et bénie un sépulcre où sont enterrés vivants les prêtres du Seigneur. Rendez-moi mon épée, saint Michel, afin que je meure en combattant comme vous pour la vérité de la foi!

Les horloges de la ville sonnèrent l'une après l'autre

un coup unique. Il était une heure du matin. Quand le dernier clocher eut tinté, Côte-de-Cuir prêta l'oreille à un bruit qui se faisait au-dessus de sa tête. C'était comme si quelqu'un eût rampé avec précaution sur le toit.

— Le merle va peut-être chanter! se dit René, qui retenait son souffle pour mieux entendre; mais rien ne vint, et le quart qui suit une heure du matin sonna.

L'espoir s'en allait, car il n'y avait plus aucun bruit. Côte-de-Cuir refermait les yeux en pensant : « Seigneur, que votre volonté soit faite! » quand il fut frappé violemment au visage par un choc qui le laissa presque étourdi. C'était un lourd paquet de cordes qu'on venait de lancer par la croisée ouverte. En même temps, il y eut un faible cri, un objet noir passa comme l'éclair devant le jour de la fenêtre, et quelque chose rendit un son lourd en tombant sur le sol, tout en bas des murailles.

René ne se méprit point, car il récita le *De profondis* en pleurant. Le pied de celui qui voyageait tout à l'heure sur le toit avait dû glisser. Etait-ce Cohan? Etait-ce Marmotte-en-Vie?

Un chien aboya, puis se tut. Aucun des ronfleurs ne s'était éveillé.

Te souviens-tu, Lily, qu'au moment où l'escorte quittait Rennes, les deux merles, demi-cachés derrière la haie d'épines, avaient demandé par signe à René s'il avait moyen de se débarrasser de ses menottes et qu'il avait répondu : « Oui, » à tout hasard.

C'était maintenant ou jamais le moment de mettre en usage le moyen qu'il avait, si sa réponse n'était point une bravade: Possédait-il une lime? Non. Et au cas même où il en aurait trouvé une, quelle possibilité de s'en servir avec ses mains captives?

Je crois plutôt qu'il avait compté tout bonnement sur la maigreur de ses mains, qui étaient fortes, c'est vrai, mais toutes petites : pas si blanches que les tiennes, au moins, mademoiselle, ni si jolies, mais presque aussi fluettes. Et où trouverait-on des menottes assez étroites pour emprisonner tes mignons poignets? Il faudrait, bien sûr, en commander chez le marchand tout exprès.

Côte-de-Cuir, qui avait vaincu le terrible Engoulvan et mis par terre tant de fédérés, était à peu près dans ce cas-là. Il se débarrassa de ses menottes comme on retire une bague, en meurtrissant ses mains, je ne dis pas non, et en leur faisant des écorchures, mais enfin il en vint à son honneur, et comme deux heures du matin sonnaient en ville, il accrocha le nœud coulant de sa corde à la barre de la croisée et souhaita la bonne nuit aux quatre gardes, emportant avec lui ses quatre laisses, roulées autour de son corps.

Ce n'est pas à dire qu'il fût quitte de tout embarras au moment où il enjamba sa fenêtre, car il y avait terriblement loin de là jusqu'à la rue, mais il avait donné son cœur à Dieu, et là-bas, la maison de saint Michel brillait doucement en signe de bonne espérance.

Côte-de-Cuir était prêt à tout; les chrétiens comme lui, rien ne les arrête. La menotte avait écorché le dessus de ses mains, il en mit la paume en sang le long de la corde, qui était trop courte et le laissa entre ciel et terre, sur une corniche, d'où, à force d'adresse et d'audace, il put atteindre un toit. Il paraît que sa sangle ne l'empêchait pas plus de sauter que de se battre, car il voyagea de toitures en terrasses et de terrasses en pignons, tout le restant de la nuit, jusqu'à ce qu'enfin il atteignit la muraille extérieure de l'ancien couvent, qu'il franchit au risque de se casser le cou.

L'aube blanchissait quand il s'agenouilla au versant de la montée pour remercier Dieu et l'archange saint Michel, à peu près à l'endroit où Louison-Lonisette rencontra les mauvais pauvres dans l'histoire que tu nous as si gentiment contée; et derrière la haie d'où le béquillard avait chassé l'oiseau, un merle siffla...

— Ah! fit vivement mademoiselle Lily, les deux chouans n'étaient pas morts?

— Il n'y en avait qu'un.

— Lequel?

— Cohan du séminaire, qu'on trouva le lendemain écrasé sous la fenêtre. Après avoir lancé, la corde, la main lui avait manqué.

— Et Marmotte-en-Vie?

— C'est lui qui était le merle. Il mena René jusqu'au bord du Couesnon, où trois chevaux, y compris celui du pauvre Cohan, étaient cachés. On partit ventre à terre pendant qu'il faisait sombre encore, et quand le soleil se leva, Côte-de-Cuir était en train de manger la soupe au campement de M. Huchet de la Besneraye, qui tenait la route de Dol.

— Les voyageurs pour l'omnibus du Mont-Saint-Michel! nous crie-t-on en ce moment de la station.

— Ça tombe bien, dit mademoiselle Lily, car toi aussi, monsieur, tu allais ventre à terre, depuis la prison, comme quand les histoires sont pour finir.

Je l'enlevai dans mes bras; j'étais constitué son chevalier pour ce soir.

— Oh! finir, répondis-je, cette histoire-là finit quand on veut.

Et j'ajoutai, pendant que nous allions vers la voiture :

— Il faut du moins que tu saches une petite mésaventure qui attrista le retour à Rennes des citoyens représentants Carrier, Pocholle et Lecarpentier, car tu penses bien que leur triomphant voyage de Paris n'avait plus raison d'être. Ce bancal de Côte-de-Cuir ne perdait jamais de temps. Il demanda quelques bons gars à M. de la Besneraye et alla guetter le passage de son ancienne escorte dans un bon endroit, à mi-chemin d'Antrain à Rennes. Il attendit tout un jour, parce que Lecarpentier, qui était ici chez lui comme ayant autorité souveraine sur toute la côte normande-bretonne, entre Saint-Malo et Granville, eut la galante idée d'inviter ses collègues à un déjeuner fin *dans la basilique même* de Saint-Michel. Patron-Marguerite, d'accord en ceci avec les souvenirs traditionnels des habitants du Mont, affirmait que les trois proconsuls se consolèrent de leur mécompte par une orgie en règle, où l'impiété fut poussée jusqu'à ce hideux excès de choisir comme vaisselle pour leur ripaille les vases sacrés du sanctuaire.

Il y avait alors entre les murailles de l'antique abbaye 740 prêtres prisonniers qui durent prier pour les malheureux profanateurs.

Dieu ne les foudroya point et ne dit point à la mer de les engloutir. Ils repassèrent les grèves dans leur carrosse, paisiblement, après le festin, promis qu'ils étaient à d'autres destinées. Le monstrueux Carrier devait avoir la tête coupée par la république; Pocholle, hyène vulgaire, creva je ne sais où, et Lecarpentier, témoin vraiment mémorable de l'infinie miséricorde, eut le bonheur de pleurer et de prier dans le sanctuaire même, théâtre de son sacrilège.

Il fut prisonnier au Mont-Saint-Michel durant de longues années, se convertit, dit-on, et mourut chrétien dans une vieillesse fort avancée, au commencement du règne de Louis-Philippe. Il eut environ quarante ans d'expiation sur la terre. C'est peu, mais Dieu, redoutable justice, a des clémences démesurées.

A quelques lieues au delà d'Antrain, le carrosse où les trois proconsuls digéraient leurs blasphèmes fut attaqué par Côte-de-Cuir, Marmotte-en-Vie et les bons gars de la Besneraye. Carrier se cacha dans un trou à fumier, au grand détriment de ses passementeries, et ne fut repêché que le lendemain; Pocholle, moins heureux, reçut un coup de feu, non point par devant, mais dans cette partie du corps où se donnent plutôt les coups de botte. Lecarpentier, qui courait très bien, prit à travers champs et ne s'arrêta qu'à Fougères...

— Complet! dit auprès de nous le conducteur du second omnibus.

Le premier roulait déjà sur la route, emportant les vassaux et amis de mademoiselle Lily. Pendant que je racontais, notre pèlerinage s'était casé comme il avait pu dans les deux voitures, qui étaient pleines à regorger, et l'on attelait maintenant deux carrioles à deux bancs chacune pour emmener « les maîtres ».

Lily voulut aller avec tonton François : le brave et cher commandant, que ce voyage a fait mon ami, je l'espère, était un peu jaloux de moi, et réclamait contre la longue infidélité de sa filleule.

Il se faisait tard, la nuit était tombée depuis longtemps déjà et la pleine lune éclairait ce joyeux départ bien mieux que les lampes fumeuses de la gare. Nous étions gais, un vent d'espoir passait sur nous. Tonton recteur, qui n'avait pas encore été seul avec moi, me serra les mains et me dit :

— Je ne sais pas si vous venez demander quelque chose à l'ange fidèle, mais vous avez beaucoup à remercier.

Je sentais profondément que c'était vrai, malgré les peines amères inséparables de la vie. Remercier! Louer la bonté de Dieu d'abord et toujours, c'est la bien-aimée fleur de la prière.

— Je n'ai pas oublié, répondis-je, les chères paroles de bénédiction que vous m'envoyâtes à une heure solennelle de ma route.

— Heure bénie en effet, dit-il avec émotion, qui vous a fait tant d'amis sur la terre et tant de protecteurs dans le ciel!

Nous nous embrassâmes pendant que le commandant montait Lily dans la carriole où était déjà sa mère, et je demandai à M. le curé :

— Est-ce que l'enfant vous inspire des inquiétudes?

Il secoua la tête en me répondant très bas :

— La bonté de Dieu peut tout. Le médecin de Paris n'a pas donné d'espoir.

Mon cœur se serra comme s'il eût été question de l'un des miens.

Nous fûmes quatre dans la carriole : la pauvre mère, dont je comprenais maintenant la tristesse, le curé, le commandant et moi : cinq en comptant mademoiselle Lily, qui avait repris sa place sur les genoux de son parrain. Personne n'allait à reculons, mais la chère petite fille me faisait vis-à-vis tout de même parce qu'elle me souriait, le menton sur l'épaule du commandant.

Je regardais ses yeux où la bonne humeur pétillait, sa figure intelligente, charmante et pleine de vie, et je m'inscrivais en faux contre la cruelle sentence du médecin de Paris.

Au bout de quelques minutes, nous débouchâmes sur la grève où la mer n'était plus, mais qui gardait une odeur de marée très intense. Un nuage de peu d'étendue, mais épais, passait sur la lune, et l'horizon clair se voilait du léger brouillard des chaudes nuits qui laissait voir la dentelure des nuées de beau temps, ondées comme une chaîne de collines.

— Où donc est le Mont, maintenant? demanda Lily.

Aucun de nous ne put le lui montrer, parce que son sommet se confondait sans doute parmi les festons des nuées. Elle reprit :

— Monsieur, demeureras-tu avec nous au Mont?

— Non, répondis-je, je vais chez les bons Pères.

— Alors, comment feras-tu pour continuer ton histoire? Car ce Côte-de-Cuir doit faire autre chose, bien sûr. Et Patron-Marguerite aussi, dis? Et puis il y a le *Passeur de prêtres* et encore l'*Oreille de mer*...

— A la bonne heure! dis-je, tu n'as rien oublié! J'ai tout cela à te dire, en effet, et par-dessus le marché l'histoire des trente-deux messes noires.

— Mais quand commenceras-tu?

— Nous ne serons pas bien loin l'un de l'autre, et je descendrai te voir, si ta maman le permet... Tiens! voilà le Mont! *Sancte Michael, ora pro nobis!*

La lune sortait du nuage, et la sainte montagne jaillissait hors de l'ombre sous le rayon d'argent qui semblait carresser avec amour son incomparable beauté. Nous la vîmes resplendir du haut en bas, depuis l'enceinte de la ville flanquée de ses tours à créneaux jusqu'à la basilique, couronne de tant de chefs-d'œuvre qui semblait penchée vers Avranches, berceau de saint Aubert, à droite des profils de la Merveille.

— *Kyrie eleison!* dit M. le curé.

Mais comme nous étions pour répondre, Lily, qui devinait qu'on allait réciter les litanies de l'archange, s'écria :

— En français! en français! pour que je puisse répondre aussi!

Et au lieu du curé, ce fut la maman qui, d'une voix attendrie puissamment, où il y avait son ardent désir, son espoir immortel et ses larmes, commença :

— Seigneur, ayez pitié de nous...

Nous répondîmes, presque aussi touchés que la mère elle-même :

— Seigneur, ayez pitié de nous...

— Christ, ayez pitié de nous...

Ce qu'il y a de piété dans cette forme adorable des litanies, tout le monde le sent, à quoi bon le dire? Pendant que la guirlande des invocations adressées à la très sainte Trinité, à Jésus, puis à l'archange qui est le glaive flamboyant de Jésus, s'effeuillait dans notre carriole, un concert de voix passait en ondes sur la grève déserte, et nous entendions nos pèlerins des autres voitures, accomplissant la même tâche que nous, faire écho à chaque appel de la litanie et répéter à intervalles pareils, comme s'ils eussent répondu à la passionnée prière de la mère, étouffée par les larmes qui baignaient son sourire :

— Priez pour nous! — Priez pour nous! — Priez pour nous!

— Vois, me dit mademoiselle Lily quand la litanie fut achevée, comme pauvre maman a bonne envie que mon frère soit reçu! Elle en pleure!

Moi aussi j'avais les yeux mouillés. Saint Michel, secours assuré de ceux qui souffrent, je vous avais bien imploré pour Lily et surtout pour sa mère, mais pour d'autres encore, ah! pour tant d'autres qui sont à moi!...

La route en grève n'est pas longue, au bord du Couesnon endigué, droit et régulier comme l'école polytechnique. C'est plus rigide que la rue de Rivoli, merveille du monde des alignements, et cela étonne péniblement, je ne dis pas non, au milieu de ces espaces que la mer, si diverse et toujours plus belle, couvre deux fois chaque jour; mais que voulez-vous? Notre temps ne sait plus faire beau, — ni grand. Nous sommes des enfants vieillots et nous restons petits, même en nous attaquant à l'immensité.

Le sabot des chevaux du premier omnibus fit feu bruyamment sur le pavé de la rampe, et l'instant d'après, nous tournions l'angle rentrant de la barbacane, où sont encore les deux grosses coulevrines cerclées de fer que les Anglais vaincus laissèrent à la porte de la forteresse française, comme les serpents perdent leurs dents à mordre les limes.

L'instant d'après encore, tous nos véhicules s'arrêtaient sur le terrain mal pavé et relativement plane, dont j'ignore le nom historique, mais que j'appellerai la place de l'hospitalité non écossaise qui se vend toujours et ne se donne jamais. Ceci n'est pas un blâme; les aubergistes du Mont vont chercher très loin le pain qu'ils offrent aux voyageurs, et s'ils le prodiguaient gratis, on ne verrait point cette émulation vraiment épique qui existe entre les deux célèbres hôtelleries, « A saint Michel », chez Poulard, « Au Lion d'Or », chez Ridel : ici les Guelfes, là les Gibelins.

Il y a eu des poètes pour célébrer en vers, qui ne sont pas bons, ces maisons rivales, placées en face l'une de l'autre.

Notre pèlerinage entier descendit pêle-mêle. Les uns se livrèrent à Capulet-Ridel, les autres à Montaigu-Poulard. Mademoiselle Lily et sa mère prirent le chemin de l'orphelinat, moi, un bon frère m'attendait avec une lanterne, et je fis sans plus tarder mon premier pas dans l'enceinte de la ville montoise.

J'ai gardé grand souvenir de cette rue du douzième siècle, éclairée selon de singulières fantaisies : en haut, par la lune que les nuages parfois éteignaient; en bas, par la lanterne dont la lueur tombait sur un sol exactement « du temps », et dont aucun artifice de théâtre ne saurait rendre les raboteux effets.

Nos pas sonnaient là-dessus, éveillant des échos mystérieux; à droite et à gauche, de sombres murailles montaient avec nous. Dans les coins inondés d'ombre, je cherchais ces beaux profils de moines ou d'hommes d'armes que les illustrations de vingt ouvrages, tous très intéressants, inspirés par le Mont-Saint-Michel, avaient gravés dans ma mémoire; mais les hauberts n'étaient plus là, ni les frocs, et le costume de mon bon frère n'était absolument pas pittoresque.

La lanterne, cependant, avait de la tournure, les échos faisaient ce qu'ils pouvaient, et la vie d'autrefois, réfugiée dans les pierres, m'entourait avec une discrète véhémence. Cette rue qui ne ressemble à aucune autre rue du monde connue et qui mène, — en remontant les âges, — au plein milieu des temps passés, n'est pas très longue et me semblait énorme parce qu'on y traverse le calme des souvenirs.

Le frère me disait des choses très justes, que je n'écoutais pas. A quelle distance étais-je déjà de la maison Ridel et de la maison Poulard, représentant, avec une juste dignité, le dix-neuvième siècle auquel j'ai l'honneur d'appartenir, au bas de la montée?

A un moment, la lueur tombant du ciel se voila;
je levai la tête : un nuage rampait sur la lune qui
tout à l'heure épandait ses rayons dans l'axe même de
la rue. Les dentelures des murailles grimpant en forme
d'escalier se cachèrent dans la nuit, et je vis tout à
coup au-devant de moi quelque chose de gigantesque.

— Le donjon! me dit le frère; la lune s'en va mal à
propos. C'est ainsi qu'on appelle l'entrée du monas-
tère, et les amateurs passent du temps à le regarder.
Gustave Doré l'a peinte : celui qui a fait les dessins
de la Bible.

— Et certes, il a dû la bien peindre, car il voit
grand. Mais voit-il chrétien?

Le frère leva sa pauvre lanterne, qui projeta un
rayon timide, à hauteur de nain, sur la base des deux
tours géantes, étroitement sœurs, qui jaillissaient pour
moi jusque dans le mystère de ces âges héroïques où
la maison de l'Archange, invaincue, invincible,
défendait la France égorgée contre le dernier choc de
ses oppresseurs. Le nuage marcha, et pendant que
mon regard escaladait le colossal accouplement de ces
titans, dressés dans la nuit : les deux « canons de
pierre, comme dit M. Jacques Geffroy, dressés sur
leurs culasses de granit », un autre jeu de lumière
les débarrassa soudain de toute surélévation fantastique et les rendit à leur réelle énormité. Ils m'en
parurent plus grands.

— Le *gouffre*, me dit mon bon frère, essayant en
vain d'éclairer avec sa lanterne l'entrée béante de cet
escalier inouï : c'est le nom qu'ils donnent à l'escalier.

Abîme, en effet, abîme renversé qui gravit au lieu

de tomber. C'est haut, c'est profond, c'est d'une écrasante grandeur, cela se précipite jusqu'aux suprêmes sommets à travers le mystère insondable. La foi est un gouffre aussi, et ceux qui s'y jettent planent.

Mon bon frère me montra la rainure où la herse descendait, et la place où étaient scellés les gonds de la porte de fer : puis il me conseilla de me baisser pour entrer dans la salle des gardes où sont maintenant la librairie et le magasin des estampes pieuses. Casiers et rayons étaient fermés; cependant, la nuit propice et la lueur même de la lanterne, si favorable au prestige, furent impuissantes à combattre l'aspect du petit bureau et du mobilier administratif qui remplacent les farouches râteliers où étincelaient autrefois haches d'armes et hallebardes.

Le charme était rompu pour ce soir. Le frère, comme s'il eût deviné ma lassitude, prit au plus court. Il m'engagea dans un escalier en vis qui nous amena rapidement au logis des religieux missionnaires, hôtes actuels et très dignes hôtes de l'illustre abbaye. Je trouvai au réfectoire l'excellent père H..., qui me souhaita la bienvenue et m'installa dans ma cellule, tout seul avec la pensée de l'Archange.

Le récit de ma première nuit en ce lieu que j'avais souhaitée si ardemment n'appartient pas à ce livre, qui est surtout, sans que cela ait paru beaucoup jusqu'à présent, l'histoire de mademoiselle Lily, ma chère amie.

J'ouvris ma fenêtre étroite, ménagée dans la robuste épaisseur de ce mur qui brave la tempête depuis tant de siècles, et je dis mes prières agenouillé sous les étoiles à quatre cents pieds au-dessus de mes compagnons de route, que j'entendais encore (du moins les pèlerins villageois) dans les préaux des deux auberges rivales.

Et je m'endormis, pensant aux chers cœurs qui pensaient à moi dans ma maison de Paris. Dieu! mon Dieu! gardez-les de tout mal; du mal qu'on fait encore plus que du mal dont on souffre! sais-je pourquoi je les aime cent fois et mille fois plus, mon Dieu, depuis que je les aime en vous?

J'avais fait de beaux projets pour le lendemain matin; je devais communier à la première messe, dite par le R. P. supérieur, et, en effet, je sautai hors de mon lit assez bravement au premier son de cloche; mais, entre Paris et Vitré, se trouve la Beauce, grenier de la France, produisant en incroyable abondance une poussière grasse et noirâtre qui baigne les voyageurs trois heures durant et d'où ils sortent teints en charbonniers. Bon teint.

J'avais traversé la veille cette zone fertile, de Chartres au Mans. Je dus me rabattre sur la messe de sept heures, attardé que j'étais par mes nombreuses lessives. Après la messe, il fallut voir le chœur, cette merveille des merveilles. Je ne veux point parler ici de la basilique : malheur à ceux qui traitent de pareils sujets au galop et en passant!

Il était neuf heures; je ne me lassais point de contempler ces fusées de granit sans nombre et sans fin, concourant à la voûte, en faisceaux tout riches et tout nus, d'une pureté, d'une harmonie sans égale, et qui cherchent dans leurs courbes concentriques un point commun : le ciel, quand une messe sonna son introït et me fit tourner la tête. Je vis tout notre pèlerinage agenouillé devant l'autel du sanctuaire, où M. le curé, oncle de Lily, célébrait le saint sacrifice. Le commandant m'adressait déjà un regard de reproche. Je pris aussitôt mon poste de prière à côté de lui.

Cette réunion de tendresses dévouées était bonne et sainte aux yeux de Dieu, j'en suis sûr. Ici, chacun priait de tout son cœur. J'écoutais le souffle de ce cher homme, le commandant, qui faisait effort pour ne point pleurer, et je sentais mes yeux aussi se mouiller chaque fois que je regardais la pauvre mère, agenouillée et perdue dans la supplication qu'elle élevait vers Dieu. Je ne voyais point son visage, mais je devinais la force qu'elle dépensait à garder une apparence de calme pour ne point effrayer notre petite Lily.

Lily était à côté de sa mère, bien grave et bien pieuse. A l'évangile, elle se leva sans aide, et un frémissement courut parmi les bons paysans des deux sexes, où les femmes étaient en très forte majorité. C'était vraiment une grande famille, et tous ceux qui la composaient avaient déjà la pensée du miracle attendu et si ardemment imploré. Ah! ils priaient bien! c'était touchant et charmant; il me semblait à moi-même que Jésus, dans le tabernacle, préparait sa main qui guérit et qui ressuscite.

A l'élévation, Lily se leva encore, elle put même se mettre à genoux avec le secours de sa mère. A la communion, toutes les femmes se dirigèrent vers la sainte table, suivies de tous les hommes, mains jointes et en bon ordre. Le commandant marchait en tête auprès de sa sœur, qui avait peine à se soutenir.

O Dieu! Seigneur, n'écoutiez-vous point ce vaillant soldat, si humble et si fier, qui avait laissé de son sang à la poussière de tous vos champs de bataille! Et cette mère, mon Dieu, ne l'entendiez-vous pas, cette simple et douce femme dont j'ai si peu parlé parce qu'elle se montrait si peu : la mère de tout un pays, votre amante et votre servante! Je pensais ainsi, et ma poitrine était toute gonflée d'espoir.

Je restais seul absolument dans le transept qui sert de nef au nouveau sanctuaire. Toutes les chaises étaient vides, excepté la mienne et celle de Lily que sa bonne soutenait agenouillée. Elle n'eut garde de se retourner pour voir cela. Tout était ferveur en elle.

J'avais mon Dieu en moi depuis la messe de sept heures et j'enviais pourtant les convives de ce miséricordieux repas.

« Fera-t-elle sa première communion sur la terre? » Je me demandai cela, et je m'étonnai de n'avoir point de tristesse...

Je n'avais jamais vu Lily marcher. Après la messe elle alla, non plus portée, mais soutenue par sa mère et le commandant, jusqu'à la statue miraculeuse qui est à la droite de l'autel. Il y avait dans l'église un silence et une immobilité qui serraient le cœur. La voir marcher ne confirma point les espérances conçues; au contraire, ah! chère petite! c'était lamentable, et le vieux paysan qui priait derrière moi eut un sanglot.

Et pourtant, nous implorions encore tous et du fond de nos âmes, avec foi, avec une passionnée ferveur, parce que le pauvre petit ange avait pu se prosterner aux pieds du grand archange, qui devait là voir et l'aimer.

Chère! chère enfant! Elle rejeta en arrière, avant qu'on la relevât, les boucles de ses cheveux blonds si doux, et faisant le signe de la croix, elle envoya un pieux baiser, du fond de sa faiblesse, au radieux vainqueur de Satan dans sa force, au chef des anges de Dieu, qui l'avait exaucée... Vous avez bien lu, hélas! J'ai dit : EXAUCÉE...

Aussitôt après que son oncle, le curé, eut récité sur elle les oraisons et l'eut bénie, elle chercha le commandant, qui lui tendit ses bras, où elle reprit sa place accoutumée; elle était un peu pâlotte de l'effort qu'elle avait fait, mais dès qu'on la portait, c'est à peine si elle avait l'air d'une malade.

Nous sortîmes tous de l'église par la plateforme du Saut-Gauthier, qui donne sur l'escalier principal. Mademoiselle Lily voulut me faire honneur et me parler.

— Monsieur, me dit-elle pendant que je saluais sa mère, je croyais que tu aurais attendu pour communier *avec nous*. On va me coucher, car je suis fatiguée, viendras-tu me voir?

Nous nous embrassâmes comme de vieux amis, et elle continua de parler à mon oreille en disant :

— Tu sais, moi je ne compte pas; à mon âge on guérit toujours, mais c'est mon frère Auguste et Saint-Cyr!... Maman ne pense qu'à cet examen-là. Elle ne le dit pas, mais je l'entends pleurer la nuit. Tu penses bien que ce n'est pas pour moi qu'elle pleure. Va, j'ai prié bien comme il faut pour l'examen, et Auguste sera reçu cette fois... Tu me dois une histoire.

Je me retournai parce qu'on touchait mon épaule. M. le curé était derrière moi. Il passa son bras sous le mien et me dit, pendant que le commandant descendait l'escalier avec Lily :

— Je n'ai pas eu le courage de vous parler hier. Il y a autre chose pour Auguste que l'examen de Saint-Cyr. Chez vous, à Rennes, on nous aime bien, et ils vous le diraient quand vous allez les voir. J'aime

mieux que vous l'appreniez par moi : Mon neveu nous
a fait beaucoup de chagrin... Déjeunez-vous chez ma
sœur?

— Non, j'ai promis de partager le repas des bons
pères.

— Pauvre sœur! ses deux enfants!

— Mais qu'y a-t-il donc? m'écriai-je, vous me faites
peur!

Nous descendions le grand escalier et je le regardai.
Son visage, ordinairement si calme, exprimait une
peine amère.

— Il y a, me dit-il, que les idées mauvaises de ce
temps pénètrent dans les plus braves maisons à travers les plus honnêtes murailles. L'année dernière,
mon neveu était un jeune homme laborieux et pieux.
Vers la fin de l'automne, il changea tout à coup : certains livres furent trouvés dans son pupitre; il avait
fait la connaissance d'un malheureux jeune homme,
à qui Dieu puisse pardonner! Dès le commencement
de l'hiver, Auguste devint, non pas un mauvais sujet
tout à fait, mais un mauvais chrétien; il eut honte
de sa foi... et maintenant il est en pleine révolte, affi-
chant sa conversion aux vieilles erreurs, qu'on appelle
les idées nouvelles, et mettant sa vanité d'enfant à
renier tout haut les croyances de sa famille. Nous
sommes bien malheureux.

Il me quitta brusquement. Du bas de l'escalier,
mademoiselle Lily m'appelait :

— Monsieur, monsieur, tu m'abandonnes toujours!
Nous avons une belle chambre en bas, tout le monde
y tient, nous serons à l'aise.

Puis parlant de mon histoire qui l'occupait, elle
ajouta.

— Choisis-la bien, et qu'elle soit jolie!

L'*angelus* de midi tintait son premier appel, et c'est à midi juste que les Pères prennent leur dîner. Je répondis en me hâtant vers le réfectoire pour ne point perdre le bénédicité :

— J'y tâcherai de mon mieux, mademoiselle Lily; à bientôt!

Et j'essayais de sourire, mais les paroles du curé tintaient à mon oreille : « Pauvre mère! ses deux enfants!... »

Chez les RR. PP. Missionnaires qui président aux pèlerinages du Mont-Saint-Michel, depuis la réouverture du sanctuaire, on ne parle point au réfectoire. En prenant leur frugal repas, ils écoutent une lecture de piété ou d'histoire, comme c'est la règle dans toutes les maisons religieuses. Un novice nous lut la belle et terrible page où Crétineau-Joly raconte l'agonie du pape Clément XIV.

Tout chrétien, si humble qu'il soit, peut avoir ses idées sur cette grave thèse des *concessions*, arrachées à l'Autorité, que l'histoire a résolue tant de fois, et sur le mérite ou le danger de la prétendue prudence qui dalle les caveaux funèbres de toutes les dynasties tombées, comme les « bonnes intentions », selon le dicton populaire, servent de pavé à l'enfer. La dynastie des vicaires de Jésus-Christ n'est pas de la terre et ne saurait tomber.

Mais il y avait là des personnes compétentes qui, le repas achevé, parlèrent avec sagesse des choses de ce monde.

Moi, je n'y entends rien. Je passai l'heure de la récréation avec le R. P. Supérieur, sur la terrasse où se prolongeait autrefois la nef romane de la basilique, et nous regardâmes, par un beau soleil, le panorama si vaste qui contemple le Mont-Saint-Michel du côté de la Bretagne et de la mer. Ce fut là que je racontai la légende des Deux Pêcheurs, des deux Enfants et des deux Sacs d'argent qui m'a servi d'entrée en matière. J'écoutai en échange la touchante histoire de l'Anglaise protestante, qui passait de longues heures prosternée aux pieds de l'Archange; mais qui ne pouvait pas se convertir au catholicisme à cause de la *tyrannie romaine*, dont on lui avait fait horreur. C'était une femme remarquablement instruite, très lettrée, et si profondément habile dans la controverse que le P. Supérieur avait conseillé au religieux dont le dévouement charitable s'acharnait à sa conversion, de discontinuer ses tentatives. « Elle est plus forte que vous », avait-il dit, quoiqu'il parlât ainsi à un père dont, certes, il connaissait la prudence et la force.

Ce père obéit, cependant contre son gré. Le jour où il pria miss *** de ne plus s'adresser à lui, elle parut triste et dit : « Vous avez la vérité, vous avez l'unité, je suis catholique en toutes choses, sauf une seule : le Pape. Je ne veux pas du Pape. »

— Adieu, lui répondit le père; que la lumière de l'Archange luise sur vous!

Avant de se retirer, elle demanda une médaille de saint Michel et dit : « Jamais je ne m'inclinerai devant Rome; je croirais, en le faisant, *commettre un péché mortel;* mais si Jésus-Christ, qui est ma vie, veut qu'il en soit autrement, l'Archange fidèle me le dira.

— Et vous obéirez?

— Vous le saurez, mon père, sans que je vous aborde ou que je vous parle, vous qui m'avez chassée; je porterai cette médaille sur moi *d'une manière apparente.* Bénissez-moi.

Elle mourut quelques jours après, noyée dans la rivière la Selune, qu'elle avait voulu traverser en revenant de Tombelène à l'heure où le flot arrivait. C'était grande marée. On l'avait vue en perdition de la terrasse du Mont avec la lunette; mais où son corps fut emporté nul ne le savait. On la chercha en vain plus de trois jours, si bien que son seul parent, son frère, ministre protestant à Londres, ayant été prévenu, eut le temps d'arriver avant qu'elle fût retrouvée.

De l'endroit où nous étions, le père me montrait le lieu précis, entre le Mont et Tombelène, où l'on avait vu miss *** disparaître dans le flot; mais pour me désigner la place où on la retrouva ensablée, il fut obligé de me faire passer sur l'autre terrasse, d'où l'on voit le pays normand d'Ardevon. La mer l'avait portée là, presque dans les terres, et le ministre protestant, son frère, était présent quand on la découvrit enfin par un pan de sa robe noire qu'on reconnut dans un monceau de sables et de goémons.

Elle avait tenu la dernière promesse faite au P. H... : sans parler, puisqu'elle n'avait plus de voix, elle proclama sa conversion. Quand les hommes de la côte, en effet, débarrassèrent son visage du sable qui le couvrait, ils trouvèrent entre ses dents, placée d'une façon *très apparente*, la médaille de saint Michel, et si fortement serrée que nul ne put l'en retirer.

— Il n'y a pas ici de certitude, j'en conviens, ajouta le P. H..., mais ce muet et si remarquable témoignage suffit au ministre protestant, frère de miss ***, qui, dans la loyauté de sa conscience, autorisa, pour ce qui le concernait, l'inhumation de sa sœur selon le rite catholique.

De la terrasse du Saint-Gauthier, où nous étions, le père me désigna la tour du mur d'enceinte qui sert de chaire aux prédicateurs, les jours de grands pèlerinages. Jamais je n'avais vu cette fête splendide, unique au monde, on peut le dire, où les pieux députés de tous les coins de l'univers, réunis en un concours immense, viennent célébrer la gloire du premier soldat de Jésus, qui fut vainqueur de la plus grande trahison par la plus grande fidélité, vainqueur dans le ciel, sur la terre et dans l'enfer, vainqueur partout, vainqueur toujours du dragon, dont le châtiment est de renaître sans cesse, éclatant symbole de l'immortel, mais laborieux triomphe de l'Eglise de Dieu.

A mesure que le P. H... me décrivait, avec une simplicité pleine d'éloquent recueillement, la ferveur inouïe de la foule, son enthousiasme, ses élans, je me sentais emporté dans le mouvement de ces cœurs, lancés par une force irrésistible vers le Cœur de Jésus : car l'archange n'est qu'une créature, comme la Vierge Immaculée elle-même, qui remue des foules plus innombrables encore; et au-dessus de ces beaux amours, de ces dévotions attendries que nous avons pour la Mère de Dieu, pour le chevalier de Dieu, il y a Dieu, le Cœur, le centre, le seul maître, l'éternel Tout! Ah! nous ne sommes pas des idolâtres, et nous n'adorons que Dieu en invoquant ceux qui sont de Dieu.

La parole douce et calme du père me montrait tout en bas, sur la grève maintenant déserte, le flot humain qui monte en ces jours bénis et bat les remparts comme une mer. Je voyais la beauté grandiose des cérémonies sur ce théâtre tant de fois consacré dont rien n'égale la magnificence. Je voyais la procession sans fin se dérouler selon les courbes des chemins de la montagne, descendant, puis gravissant les pentes, hérissées de miracles, où l'histoire est debout, partout, comme une forêt de souvenirs; j'écoutais le son de la cloche légendaire qui est la voix de l'Ange « au péril de la mer » et qui est le salut des malheureux perdus dans la nuit des sables; et l'ange lui-même, l'archange, certes, je ne le voyais pas, mais je sentais en moi avec toute la puissance d'une certitude que son invisible combat se poursuivait dans l'arène séculaire, ici même, entre l'éclair flamboyant de son glaive et l'arme impure du géant Satan, acharné contre la France blessée...

Le père continuait de parler et son doigt étendu me montrait la tour au-dessous de nous, tribune colossale, du haut de laquelle la parole divine avait inondé la grève, où trente mille auditeurs se pressaient.

En vérité, je voyais cela, avec une émotion, avec une joie indescriptibles : le prédicateur était là, pour moi, dans la chaire crénelée dont le granit avait brisé les dents de l'Anglais autrefois; il étendait ses bras vers cet océan d'âmes que sa parole apaisait ou soulevait...

Et pourquoi ne pas le nommer, puisque ma pensée évoquait un nom? J'appelais ici pour charmer, pour toucher, pour dominer ce peuple avide d'amour, une parole qui tant de fois m'a dominé, attendri et charmé, je voulais au sommet de cette tour l'exilé de Fernex, qui prie au lieu même où blasphémait Voltaire, l'orateur attrayant et conquérant, le cœur éloquent, le proscrit victorieux, l'évêque à qui Dieu a retiré son étroit territoire de Genève pour lui donner comme champ toute la largeur du monde... D'autres missionnaires peuvent égaler cet homme-là, comblé des grâces de la persécution; mais c'était lui, c'était Mgr Mermillod que je souhaitais dans ma tour conquérante!

Après la récréation, les bons religieux me quittèrent, et au lieu d'aller visiter en détail le cloître dont j'avais déjà admiré en passant, le matin, la pure et délicate beauté, je descendis la montagne pour me rendre à l'orphelinat où mademoiselle Lily m'attendait. On l'avait couchée au sortir de la messe en lui promettant une grande promenade pour le lendemain. Elle était très bien, elle me le dit quand j'entrai, et sa charmante petite figure avait en effet un air de prospérité. Au contraire, sur le visage de sa maman, derrière le sourire forcé, il y avait une fatigue bien désolée.

— Tu as été là-haut près de deux heures, monsieur, me dit Lily, est-ce que vous avez déjeuné tout ce temps-là?

Je répondis en détaillant l'austère menu de notre festin.

— Et c'était bon? me demanda-t-elle.

— Très bon.

— Alors raconte !

Le commandant, qui revenait de visiter la Merveille, mit sur le lit de la chère petite malade un bel album de vues montoises photographiées. Pendant qu'elle y jetait un coup d'œil, la mère me dit tout bas :

— Choisissez quelque chose qui ne l'attriste pas.

Lily sourit, car elle avait entendu et répéta :

— Raconte... N'est-ce pas que ma chambre est grande ? Et la tienne ? Maman a ri tout à l'heure, parce que, en parlant de toi, je disais : « Mon ami »...

Je m'assis à son chevet. Je ne répondis point, craignant de montrer plus d'émotion qu'il n'en fallait, et je commençai sans exorde :

— Un soir, Patron-Marguerite entra chez nous à la maison carrée, et tout le monde vit bien qu'elle apportait une histoire. Elle nous dit, avant même de nous demander comment nous allions : « Telle que vous me voyez, j'ai communié ce matin pour deux bons enfants de curés, et j'ai pensé à eux toute la sainte journée. Je vas vous dire leur aventure, si vous voulez : elle est drôle. »

Les enfants firent aussitôt cercle autour de son fauteuil.

— Voilà donc comme c'est, reprit-elle, vous les connaissez bien tous les deux, mes curés. Nous reviendrons à la République, une fois ou l'autre, mais pour aujourd'hui, nous sautons par-dessus, et par-dessus l'Empire aussi, qui avait mis la guillotine au grenier, mais qui faisait son ouvrage avec le canon.

Sous le roi Louis XVIII, je crois que c'était vers 1820, il m'arriva d'avoir une plaiderie avec mes assureurs pour une savate de cabotaine qui avait fait la bêtise de toucher et de s'écoquer sur les roches de

Houat, en face de Quiberon. Vous la voyez d'ici, j'entends l'île de Houat, par temps clair. En ce pays-là, si vous ne le savez pas, je vas vous l'apprendre, le curé n'a pas beaucoup de monde à confesser, mais ne fainéante pas tout de même, étant à la fois recteur, maire, juge de paix, percepteur des contributions, notaire, syndic des gens de mer et capitaine de port. La révolution a eu beau mettre le restant du pays sens devant derrière, l'île de Houat est toujours comme ça. Les matelots, les matelotes et les matelotins n'y veulent obéir qu'à « Monsieur Recteur. » C'est réglé.

Pendant le temps que je perdis dans l'île à aveugler la voie d'eau de ma cabotaine, je n'eus affaire qu'à ce curé-là, tout-puissant et tout faisant. Il m'allait comme une coiffe. C'était un brave prêtre d'une cinquantaine d'années et de six pieds de haut, toujours prêt à rendre service. On voyait bien que c'était son métier.

J'avais fait sa connaissance un soir qu'il s'était mis dans la tête de séparer deux équipages en train de se battre : des Grésillons de Groix et des farauds de Belle-Isle. Pour commencer, il les avait prêchés joliment, parlant de concorde et d'oubli des injures; mais comme ils tapaient toujours, il dauba sur le tas, sans faire de jaloux, si dur et si fort que l'affaire fut bien vite arrangée. Je lui fis compliment sur sa poigne; il vit que j'étais du bon monde et me dis que j'en avais la tournure.

C'est pourquoi il passa lui-même mes marchés avec les calfats, avec le charpentier et celui qui vendait la confiture de goudron, soutenant les intérêts des ouvriers aussi bien que les miens : la vraie justice, quoi! Aussi, nous devînmes une paire d'amis, nous deux. Seulement, je ne savais point son nom. Si ça vous étonne, vous aurez tort. Tout le monde l'appelait M. Recteur, je l'appelais M. Recteur, comme tout le monde, ni plus, ni moins : voilà.

La plaiderie de mon cas de procès étant venue en appel à la cour royale, qui juge à Rennes, je fus obligée de citer mon recteur en témoignage, parce que mes assureurs disaient que ma voie d'eau était une frime, et qu'on l'avait bouchée avec un petit morceau de lard. Je croyais bien qu'il m'aurait envoyé paître, mais que non pas! Il vint. Il avait du temps pour tout.

C'était l'année de la grande mission des missionnaires de France à Rennes, où l'on planta la croix du calvaire, en face du Mail, et nous étions au mois d'août. Le 14, veille de l'Assomption (remarquez bien ça), pour remercier mon bon recteur et lui montrer que j'étais quelqu'un de reconnaissant, j'allai entendre sa messe à la petite église de Saint-Aubin, qui est devers les Lices. Il m'avait dit que ce serait pour sept heures, et j'arrivai un peu auparavant, comme vous pensez, pour être vue de lui. Je me mis à genoux devant le maître-autel, où une autre messe était en train de se finir : une messe noire, dite par un prêtre qui me parut jeune encore, quoiqu'il eût les cheveux tout gris. Je ne sais pas pourquoi ce prêtre-là me donna des distractions tout de suite; il boitait de la hanche en marchant, et quand il se tourna pour le *Dominus vobiscum*, je me demandai où je pouvais bien avoir vu sa figure. C'est bon. Je me répondis : « Cherche », et je me préparai à dire mon chapelet. Le prêtre, lui, lisait son dernier évangile avant de s'en aller.

Au moment où il descendait les marches, avec sa chasuble noire, mon recteur de l'île de Houat arrivait, pour prendre le tour au maître-autel. Il était gréé de **noir aussi, tout en grand.**

Tous les deux, celui qui venait comme celui qui s'en retournait, faisaient plaisir à voir tant ils étaient bien recueillis. Je me disais : « Ils passeraient l'un sur l'autre sans se voir que ça ne m'étonnerait pas! »

Mais je me trompais; ils se rencontrèrent approchant à moitié chemin de la sacristie, et leurs yeux se croisèrent...

Ah! mâtin! Veille partout! Ecoutez, ce n'est pas pour dire, mais j'en eus le frisson, et mon chapelet me lâcha des doigts. Jamais de ma vie je n'avais vu ébahissement pareil. Au lieu de passer l'un à droite, l'autre à gauche, comme le bon sens le voulait, pas vrai, ils reculèrent tous deux ensemble et je crus qu'ils allaient tomber à la renverse... Ils ne dirent rien, car c'étaient deux bons hommes de Dieu, aimant au-dessus de toutes choses et craignant ce qu'ils portaient dans leurs mains, mais ils restèrent un petit moment tout pantois, tremblant comme la feuille et plus pâles que des morts.

Après quoi, ils continuèrent chacun leur chemin en s'éloignant l'un de l'autre. Seulement, avant de rentrer à la sacristie, celui qui avait officié le premier s'agenouilla comme malgré lui, et mon grand curé de Houat en fit autant au pied de l'autel, où il resta un instant abîmé dans sa prière.

— Et ce fut tout? demanda mademoiselle Lily.

— As-tu deviné? dis-je au lieu de répondre.

— Sûrement oui, me dit-elle, je n'ai pas eu le temps d'oublier ton histoire d'hier. Le grand était Engoulvan et le petit Côte-de-Cuir... tu sais, j'aime bien Patron-Marguerite, mais si tu racontais toi-même...

— Ce serait plus tôt fait?

— C'est-à-dire qu'on saurait plus vite.

— Princesse Lily, nous allons courir la poste.

— Oh! non, monsieur, dis tout!... Est-ce que je t'ai fâché?

Elle me tendit sa chère petite joue, que je vois encore au moment où j'écris cette ligne à tâtons, car j'ai les yeux pleins de larmes. Je repris :

— Tu juges si Patron-Marguerite eut encore des distractions en suivant la messe de son témoin. Elle n'était pas comme toi, Lily, elle n'avait pas deviné que le curé juge de paix, capitaine de port de l'île de Houat, était Etienne Engoulvan, panache des fédérés d'Hennebon; mais elle avait du moins réussi à mettre un nom sur le visage si changé de son cousin Côte-de-Cuir, qu'elle n'avait point revu depuis la chouannerie.

Ce matin-là même, les deux prêtres déjeunèrent ensemble à la table de Patron-Marguerite, et ce fut un joyeux repas. Ils ne pouvaient se lasser de s'entre-regarder.

— Comment, petit Renot, disait M. Recteur, tu as réchappé de cette entaille-là! Elle était pourtant bien bûchée...

— Et toi, mon gros Etienne, avec un uniforme d'arracheur de dents, tu avais donc escamoté mon épée comme on avale les sabres?

— Je t'ai pleuré!

— Et moi, donc!

— Je ne me doutais guère que c'était toi, quand j'entendais parler de ce fameux Côte-de-Cuir!

— Et moi, je ne m'attendais pas plus à te retrouver curé qu'à te revoir vivant.

— Ah! j'ai bien remercié Dieu, ce matin!

— Et je le remercierai jusqu'au dernier jour de ma vie!

Ils s'embrassaient à quatre bras en riant, mais ils avaient tous deux la larme à l'œil. On aurait dit qu'ils retrouvaient leurs vingt ans à les entendre, dans leur joie profonde, bavarder comme une paire de vrais échappés de séminaire. Patron-Marguerite était presque aussi contente qu'eux : elle en aurait oublié de boire et de manger, sans son grand appétit dont elle ne se séparait jamais.

— Une fois, reprit enfin Côte-de-Cuir, je demandai à tout hasard de tes nouvelles au citoyen Tallien, car tu me trottais dans la tête.

— Tiens! fit le curé, tu fréquentais le citoyen Tallien, toi l'abbé?

— Appelle-moi mon père, si tu veux. Je suis le P. Bruslé, des missions de France, où je ne fais pas grand bruit auprès de mon éloquent et vaillant supérieur, le P. Rauzan. J'ai peur d'avoir mieux valu comme soldat que comme missionnaire, et pourtant j'ai beaucoup de monde à mon confessionnal. J'y parle un peu mieux que dans la chaire, où mon patois du Morbihan me revient toujours... Quant au citoyen Tallien, je ne l'ai vu qu'une fois, et il me parut un assez piètre sire, pommadé comme un perruquier et qui égorgeait les gens avec des mains blanchies à la pâte d'amande. C'était deux ou trois ans après cette veille de l'Assomption où tu me fauchas par le milieu du corps sur la route d'Auray, au tertre de Kerletaz. Je commandais à Belz, où je faisais ce que je pouvais avec ce qui restait de mes camarades. Nous donnions la main à ceux de Sarzeau, et ma bonne cousine Marguerite Cohan, ici présente, que nous appelions alors la petite Gaïte, nous trouvait bien souvent dénichés quand elle venait, avec les autres filles de Kergado, nous apporter la soupe à notre campement de la Genaie-Bihet.

— Auprès de l'oreille de mer, dit ici Patron-Marguerite; à votre santé, mon cousin missionnaire. Vous aviez déjà l'air d'un saint ou approchant, à genoux que vous restiez tout le temps dans la rosée quand l'ancien vicaire de Carnac sortait de sa cachette pour nous dire la messe à la belle étoile avant le lever du jour.

— Une fois, reprit l'ancien Côte-de-Cuir, nous avions poussé jusqu'à Savenay, où nous fîmes prisonnière une citoyenne de toute beauté, harnachée en princesse, qui se trouva être Thérèse Cabarrus, femme du représentant J.-Lambert Tallien. Il y en avait qui voulaient lui faire un mauvais sort, en représailles des vilenies froides et vraiment horribles qui étaient le passe-temps de son coquin de mari; mais j'écrivis tout bonnement à Tallien que j'étais bien embarrassé de sa citoyenne, et que je la lui rendrais volontiers pour une pièce de quinze sous.

Cela le mit furieux. « Ce brigand, dit-il, ne pouvait donc faire son métier et me débarrasser de Thérèse! » Il me fit répondre par son secrétaire intime, Jean-Jacques Quicherot, scélérat d'un gai caractère, que, pour m'apprendre à perdre de si belles occasions, il taxait ma tête de mulet à quarante mille livres argent, ou à deux millions en assignats, au choix, payables comptant à quiconque lui apporterait ma dite tête.

Nous avions grand besoin de monnaie; l'idée me vint de lui porter moi-même ce qu'il demandait pour toucher la prime, et je partis seul, mais suivi de loin

par Marmotte-en-Vie et quelques bons garçons, tous
du séminaire.

Tallien était à Port-Louis, en rade de Lorient, où il
épluchait les suspects qui étaient pour être *opérés*,
comme disait ce farceur de J.-J. Quicherot, qui avait
été chirurgien de marine. Je le trouvai à son bureau,
travaillant le dossier du père gardien des capucins de
Pontivy. Il me parut tout jeune; il avait des man-
chettes de mousseline brodée et prenait du tabac dans
une jolie boîte d'or, secouant son jabot avec grâce,
comme madame la marquise de Kergado secouait autrefois son fichu de dentelles avant d'être guillotinée.

Je lui demandai tout de suite en entrant s'il pouvait
me fournir des renseignements sur un ci-devant écolier du ci-devant séminaire de Vannes, nommé
Etienne Engoulvan, qui avait jeté la soutane aux
orties...

— Merci! dit le bon grand curé.

— Tallien me répondit que son collègue Jean-Bon
Saint-André s'était occupé d'un modéré de ce nom,
ou à peu près, qui gênait la République. Je pensai que
c'était un frère à toi...

— C'était bien moi! interrompit encore le curé.

— Celui qui me l'aurait affirmé, dit Côte-de-Cuir,
m'eût ôté une fameuse épine du pied... Voyant que je
ne pouvais rien apprendre sur toi, j'abordai la vraie
question, et je déclarai au citoyen représentant que
je lui apportais ma tête de mulet en échange des
quarante mille livres écus, aux termes de sa promesse.
Il eut peur. Il y avait sur son bureau une petite son-
nette d'autel, volée dans quelque église. Quand il fit
mine de la saisir j'avais déjà dénoué sa cravate (elle
était énorme et en fort belle soie) pour la lui coller sur

la bouche. Je n'avais plus qu'une main, étant obligé ainsi de le bâillonner. Nous luttâmes un petit moment, après quoi, quand il fut par terre, je mis mon genou à la place où était tout à l'heure le nœud de sa cravate.

Cela se passait dans la forteresse même, bâtie par le célèbre Vauban, ou peut-être par un autre. Si tu demandes comment j'avais pénétré dans le cabinet du proconsul, défiant de sa nature comme toutes les mauvaises consciences et très bien gardé d'ordinaire, je te répondrai que nous avions des amis un peu partout. La Convention branlait déjà dans le manche : ces choses-là ne peuvent jamais durer. Ceux qui ménagent la chèvre et le chou commençaient à réfléchir.

Je sonnai à mon tour. Marmotte-en-Vie entra, portant le plus beau costume de laquais sans-culotte qu'on puisse imaginer. Lui et moi nous travaillâmes jusqu'au soir. Quand la diane sonna pour la fermeture des portes, nous étions trente-sept de la Genaie-Bihet dans la citadelle, d'où je remportai ma tête de mulet, d'abord, puis celles de mes trente-six camarades, plus encore celles de cinquante-trois suspects, prêtres, gentilshommes et paysans que nous emmenâmes le lendemain matin, protégés par ma troupe entière qui s'était retranchée, pendant la nuit, dans les casernes de la douane.

— Et les quarante mille francs? demanda mademoiselle Lily.

— Patron-Marguerite, répondis-je, d'après Côte-de-Cuir lui-même, chiffrait ainsi la rançon de la citoyenne Tallien, qu'on avait proposé d'abord de rendre pour quinze sous : 65.000 francs argent, plus de dix fois autant en assignats, 20 voitures de biscuit, autant de viande salée, des fusils, des munitions, du drap, de la toile... On aurait pu emporter les canons des remparts! Pour comble, quelques jours après, Tallien reçut sa femme affranchie par le coche...

Le grand curé de Houat, quand ce fut son tour de parler, dit simplement :

— Renot, mon ami, je n'avais pas plus que toi l'idée de jeter la soutane aux orties. Je croyais à une certaine quantité de grands mots qui sont de la terre et qui font semblant de venir du ciel, voilà tout. Je n'y crois plus, mais il a fallu, pour me détromper, bien des années et plus d'une mésaventure. Je n'avais pas inventé la poudre, tu sais; peut-être n'ai-je pas beaucoup plus d'esprit qu'autrefois, mais j'ai inventé, ou découvert, si tu aimes mieux, quelque chose de plus important, qui est l'obéissance. Avec la foi que j'avais et l'obéissance qui m'est venue, je vais droit mon chemin d'humble prêtre, plein d'espérance et ne manquant point de charité.

Ici Patron-Marguerite déclarait qu'elle avait essayé de placer son mot pour faire un éloge chaleureux du bon curé de Houat, mais il ne l'entendait point ainsi et reprit, en lui coupant la parole :

— Là-bas, sur le tertre de Kerletaz, après le coup d'épée, je fus sans connaissance le restant de la journée, car il faisait nuit quand je m'éveillai tout étourdi et incapable de faire un mouvement. Je saignais comme un bœuf, et comme un bœuf j'étais fort, puisque j'avais pu perdre sans mourir tout le sang de la mare où je baignais dans un pli de l'ardoise. La lune se levait parmi les arbres, devers Vannes, mais n'éclairait point encore. J'entendais deux petites voix qui parlaient breton, non loin de moi, par derrière; mais je ne pouvais ni me retourner, ni parler. Une des voix disait :

— Il n'y a rien dans les pochettes des gars du séminaire. Je n'ai encore trouvé qu'une noix et un chapelet.

— Moi, une croûte de pain et une médaille, répondit l'autre voix; mais où est donc le grand qu'on a vu tomber au commencement, le grand à cheval, qui avait plein de rubans et de cocardes?

Ce fut le premier effort de ma raison qui revenait : je compris qu'il s'agissait de moi et je fus étonné d'avoir des rubans et des cocardes. Ce n'était pas un remords, car j'étais de bonne foi, croyant me dévouer au bonheur de ma patrie; mais les rubans et les cocardes me donnèrent la crainte d'avoir été entraîné par l'orgueil. J'eus vaguement désir de me confesser... à qui? Pour la première fois, je me rendis compte de ce fait que je n'avais pas même entrevu une robe de prêtre depuis ma sortie du séminaire.

— On les a trop effarouchés, me dis-je; mais ils viendront, car ils verront le bien qu'ils peuvent faire au milieu de ce grand élan d'un peuple de frères qui s'agite pour détruire l'esclavage et promulguer la loi d'amour... Voyons, petit Renot, ne ris pas! J'étais un innocent, je le veux bien, et je n'ai pas beaucoup changé; mais qu'avais-je appris en dehors du peu que je savais de notre sainte religion? Du latin de collège! Les simples comme moi prennent tout au pied de la lettre.

Depuis que je savais décliner *musa*, la *muse*, le latin de collège me cornait aux oreilles la haine des rois et l'amour de l'indépendance. Combien étions-nous au séminaire pour détester le cas de Brutus? Du latin! du latin! Je ne parle pas de celui des pères et des psaumes qui me rehaussait le cœur, quoique je ne le comprisse pas toujours, mais de celui surtout des historiens profanes et des poètes : le bon latin, comme on disait, le vrai latin, le latin fils du grec, traduit par mon cher *Télémaque* : doux livre que la Révolution aurait dû relier en or par reconnaissance filiale! Va, je n'ai pas dû être le seul innocent de ma sorte; les simples étaient bien embarrassés et la Révolution ne s'est pas faite toute seule. Nos dictionnaires prenaient soin de nous dire que le mot roi et le mot tyran étaient deux synonymes; nous avions trop admiré Harmodius, trop louée le bon tour d'Aristogiton, trop conspiré contre Denis de Syracuse, trop assassiné Hipparque et avec trop de plaisir! Le culte pédant des républiques païennes et la fréquentation de ces dieux de mauvaise vie qui salissaient leur nuage au sommet de l'Olympe, ont bien menuisé pour un peu l'échafaud du bon roi Louis XVI. Et fais attention que ces choses restent, parce qu'elles sont protégées par la grandeur de l'art antique, et qu'après dix autres révolutions, Fénelon, incorrigible, s'en délectera encore en cachette...

Côte-de-Cuir trouvait peut-être que son camarade Engoulvan était devenu prolixe depuis le temps, et je ne peux cacher que mademoiselle Lily bâilla. Ce fut un avertissement et je repris aussitôt :

— Je passe le restant du discours de ce bon abbé Engoulvan et je l'excuse, en faisant observer qu'avec ses paroissiens de l'île de Houat, il n'avait pas souvent occasion de causer littérature et philosophie mêlées... Les voix qu'il avait entendues sur le champ de bataille de Kerletez appartenaient à deux petits pauvres d'Auray qui avaient un bout de chandelle dans un cornet de papier et qui venaient piller les morts. Il ne faut pas être sévère pour eux, Lily; les enfants n'avaient plus alors l'enseignement des hommes de Dieu, et la misère horrible qui régnait dans le pays les poussait hors de la ville comme des petits loups hors du bois.

Quand ils découvrirent enfin Engoulvan à l'aide de leur lanterne, ils se jetèrent sur lui tous les deux, fouillant ses poches et arrachant tout ce qui brillait dans son accoutrement, comme s'ils eussent atteint le haut d'un mât de cocagne. Ils étaient bien gentils et avaient cinq ou six ans à peine. Engoulvan fut longtemps qu'il les laissait faire malgré lui, mais enfin ils poussèrent à l'unisson un cri lamentable, parce que le mort ressuscité les tenait chacun par une oreille.

— Je vas vous pardonner, leur dit Engoulvan, et vous n'aurez pas le fouet si vous voulez me conduire par le chemin le plus court à la ferme la plus voisine. Sinon, je vous mangerai tout crus, tant j'ai grand'-faim!

Tu juges, mademoiselle Lily, si les petits se dépêchèrent d'obéir; ils le prenaient pour l'ogre. Ils n'étaient pas méchants et l'aidèrent de leur mieux à se mettre sur ses genoux, car il ne put faire plus, malgré son courage. Le souffle et le cœur lui manquaient par le trop de sang qu'il avait perdu.

Quand les petits le virent se traîner péniblement et ramper avec une extrême lenteur, ils ne songèrent point à s'échapper, parce qu'ils furent pris de compassion; ils restèrent une heure entière à manœuvrer ses mains qu'il portait tour à tour en avant pour faire les pas de sa marche douloureuse.

Ils voulurent même partager avec lui les croûtes de pain qu'ils portaient dans leurs bissacs, mais le pauvre Engoulvan se trompait bien quand il croyait avoir faim. C'était la fièvre.

Quand il arriva, au milieu de la nuit, après avoir fait en un si long temps deux cents pas à peine, à la lisière du bois de Kerletaz où était une loge de sabotier, il se sentait prêt à rendre l'âme.

Heureusement que le sabotier, qui entendait depuis un moment les petits causer à travers les fentes de sa porte, ouvrit au premier coup frappé. Il essaya de soulever l'inconnu qui venait comme cela mourir chez lui, mais il ne put, car Engoulvan pesait lourd. Il l'aida seulement à ramper jusqu'à la paille où il était lui-même couché tout à l'heure, et dit en parlant à quelqu'un qu'on ne voyait point :

— Monseigneur, voici de l'ouvrage pour vous : un fédéré qui a son compte. Bien sûr qu'il a été taraudé tantôt sur le·tertre par vos petits du séminaire. Pas de danger qu'il vous dénonce, car, avant cinq minutes d'ici, il n'y aura plus personne dans sa peau.

Le sabotier avait allumé une résine. Un vieillard à la mine douce et vénérable quitta l'ombre du coin où il reposait sur un autre tas de paille. Dès qu'il entra dans le champ de lumière, Engoulvan le reconnut, car il croisa ses bras sur sa poitrine bien respectueusement pour dire :

— Mon cher seigneur, vous voilà donc aussi loin de chez vous! Tout s'arrangera sûrement : moi, je n'en ai pas pour longtemps, et je vous demande de me donner ce qu'il faut pour bien finir.

Le vieillard était l'évêque de Vannes, obligé de se cacher à cause de la haine personnelle du citoyen

maire d'Auray qu'il avait eu l'imprudent bonheur
de tirer d'embarras autrefois dans ses affaires de commerce. Il connaissait bien Engoulvan, puisque c'était
lui qui payait sa pension au séminaire.

— Comment! malheureux, dit-il, c'est toi qui vas
mourir ainsi! Tu n'as que ce que tu mérites! Fais ton
acte de contrition et confesse-toi, la miséricorde de
Dieu est infinie.

Engoulvan ne demandait pas mieux. Le sabotier lui
tint la tête relevée dans ses deux mains, le saint évêque
se mit à genoux, n'ayant point de siège, et pencha son
oreille jusqu'à toucher la bouche du mourant, et la
confession commença.

Mais tout fort qu'il était, Engoulvan en avait trop
fait cette nuit-là. Aux premiers mots qu'il balbutia,
sa langue devint épaisse, et il resta bouche béante,
pendant que sa tête pesait plus lourd entre les mains
du sabotier.

— Il est mort! murmura le prélat. Dieu aura pitié
de lui, car c'était un bien pauvre sujet, et il a du moins
témoigné de la bonne volonté...

Ce commencement d'oraison funèbre fut inter-
rompu par un ronflement assez sonore qui laissait
quelque espoir de continuer la confession à un autre
moment. Le sabotier alla chercher une bûche pour
remplacer l'appui de ses deux mains qui servaient
d'oreiller à notre ami, et Monseigneur mit un premier
appareil sur la blessure avant de retourner dans sa
cachette.

Pendant deux fois vingt-quatre heures, Engoulvan
dormit. Il fut pansé trois fois sans s'éveiller et sua
en dormant sa fièvre de blessé. L'épée de Renot lui
avait traversé la poitrine de part en part. Beaucoup

de gens, couchés dans un bon lit, entourés de tous les secours de la science, seraient morts de cette formidable blessure. Engoulvan eut, il est vrai, les soins d'un saint homme; mais ce fut sur la paille qu'il guérit « comme les nèfles mûrissent », disait-il plus tard, et sa tête n'eut pour coussin qu'un billot de hêtre, scié à la longueur voulue pour faire les sabots.

A la fin du troisième jour, il s'éveilla tout d'un temps, comme il s'était endormi, et demanda un verre de cidre à boire; puis il voulut de lui-même achever sa confession, après quoi, ayant mangé un morceau de pain et une couenne de lard, il s'en alla de son pied jusqu'au bourg de Landevan, qui est à mi-chemin d'Hennebon.

Je ne veux pas oublier de dire qu'en route, il s'arrêta au tertre de Kerletaz et qu'ayant reconnu l'endroit où il avait sabré René Bruslé, son ami, il y récita bien dévotement un *De profundis*. Ce ne sont là ni des actes d'héroïsme ni des faits de sainteté, mais j'ai tenu à te prouver, mademoiselle Lily, que notre futur curé de Houat était, dès ce temps-là, une assez bonne âme, et qu'il avait une très robuste constitution.

Pendant une quinzaine après son retour à Hennebon, il resta un peu languissant; il se plaignait de son estomac qui ne pouvait digérer ce coup d'épée, et quand on voulut le renommer panache, il refusa pour raison de santé. Ce fut malheureux pour un voisin à lui qui le traita de lâche à cette occasion sur le pont d'Hennebon, et qui se trouva lancé par-dessus le parapet, submergé, puis repêché, tout cela par le même Engoulvan, qui s'opposa aussi au sac de l'église en barrant le passage, lui tout seul, à une bande de coquins et d'ivrognes : ce n'est pas d'aujourd'hui que certains drôles tiennent les villes esclaves, en hurlant : Vive la liberté!

Il devenait gênant pour toute espèce de démolisseurs, quoique, peut-être, il n'eut perdu encore aucune de ses illusions sur l'avenir de la république, et les vrais sans-culottes le regardaient de travers.

Ce qui combla la mesure, c'est qu'il s'avisa une fois de défendre son saint évêque de Vannes contre le citoyen maire d'Auray, qui s'était enfin emparé de lui à Hennebon, et voulait le hisser à la lanterne. Il y eut gros scandale. Engoulvain fut hué : on lui reprocha publiquement son incivisme.

Jamais il ne se fâchait, mais en écartant doucement ceux qui le pressaient de trop près, il en estropia deux ou trois par mégarde, et c'étaient des notables : la crême de la racaille du pays!

Pour le coup, Hennebon cria, Lorient s'émut et Jean-Bon Saint-André en personne partit à cheval pour mettre à la raison ce perturbateur qui empêchait d'assassiner les hommes et de démolir les maisons. Kerjean, le bourreau, eut ordre de graisser sa mécanique.

Le citoyen représentant Jean-Bon Saint-André « n'avait point de méchanceté ». Patron-Marguerite disait cela de lui comme de tout le monde, mais il était quelquefois mal embouché. Ayant appelé Engoulvan à la municipalité, il eut le tort de parler rudement sans user des menottes, précaution oratoire indispensable qui coupe court à toute discussion oiseuse sous les gouvernements fanatiques de liberté.

Je t'ai dit, mademoiselle Lily, qu'Engoulvan ne se fâchait jamais, c'est la vérité; mais toute règle a ses exceptions, et peut-être que, ce matin-là, notre brave ami s'était mal éveillé. Il reprocha d'abord poliment au proconsul de manquer à la charité chrétienne; puis, comme ce mot démodé excitait chez Jean-Bon une hilarité bien naturelle, Engoulvan lui déclara que Dieu ne bénirait point une république servie par des païens de sa sorte.

Au ci-devant nom de Dieu, Jean-Bon se tint les côtes, et Engoulvan, perdant patience jusqu'à un certain point, lui dit qu'il était un malhonnête.

C'est comme cela que les discussions s'enveniment. Jean-Bon Saint-André ayant eu l'imprudente idée de décrocher un des pistolets qu'ils portaient tous à la ceinture en ce temps-là comme les figurants du cirque, Engoulvan le prit par le bras et lui cassa le poignet tout net sans malice.

Jean-Bon voulut crier. Engoulvan, pour le faire taire, lui mit la main sur la bouche et appuya très fort, peut-être, car il y eut trois dents d'émiettées.

Les mémoires du temps ne disent pas si la chose alla plus loin, mais c'est présumable, puisque Jean-Bon finit par tomber sur le carreau en proie à une attaque de je ne sais quelle danse de Saint-Guy ou male-rage. Engoulvan, le voyant ainsi bien malade, lui tapota dans le dos et lui brûla des plumes d'oie sous le nez, puis il le coucha commodément sur le canapé, disant :

— Citoyen, vous m'avez fait sortir de mon caractère, et ce n'est pas bien de votre part. Si j'aimais encore la Révolution, je lui rendrais le service de vous assommer comme un loup que vous êtes, mais c'est fini, voilà que je regrette mon séminaire. Je vais partir en emmenant le bon évêque de Vannes que vous ne tuerez pas encore cette fois. Il a payé ma pension d'écolier, je travaillerai pour le nourrir, et nous cher-

cherons un bon endroit, s'il en reste, pour finir ma théologie. Salut et fraternité, je n'emporte point de rancune, mais c'est grand dommage qu'il y ait des républicains, ça dégoûte de la république.

Et il partit comme il l'avait dit, laissant dans un assez triste état le citoyen Jean-Bon, qui en fut quitte néanmoins pour une bonne jaunisse et la perte de ses trois dents.

Engoulvan emmena son évêque sans se presser ni se cacher et le fit passer à l'île de Groix, d'où ils s'embarquèrent tous les deux pour l'Angleterre sur un bateau sardinier. Il fut du temps à faire ses études, parce qu'il n'apprenait pas facilement; mais enfin, ayant été reçu au séminaire de Southwark, à Londres, de l'autre côté de la Tamise, il passa ses examens et fut ordonné prêtre dans la petite église catholique d'Inner-Temple, la veille de l'Assomption de sainte Marie, mère de Dieu, en l'année 1802.

A cette époque-là, Côte-de-Cuir, redevenu René Bruslé, n'ayant plus occasion de se battre pour Dieu et le roi, avait aussi repris ses études au séminaire renaissant de Rennes, où il reçut les ordres deux ans plus tard, seulement en 1804, le 14 août, veille de l'Assomption, à la cathédrale. Il y avait donc juste quinze ans qu'il était prêtre, et Engoulvan dix-sept.

Or, ce 14 août 1820, jour où ils eurent la grande joie de se retrouver vivants l'un et l'autre et de déjeuner ensemble dans la chambre d'auberge de Patron-Marguerite, c'était la dix-septième fois qu'Engoulvan disait sa messe en noir pour le repos et le salut de l'âme de son petit Renot qu'il croyait avoir coupé en deux à pareille date sur le tertre de Kerletaz, et c'était la quinzième fois que, la veille de l'Assomption aussi, le R. P. Bruslé célébrait le service anniversaire de son camarade Etienne, le délégué d'Hennebon, qu'il avait embroché tout vif, pour son premier coup d'épée, au même lieu de Kerletaz en Auray. Compte sur tes doigts, mademoiselle Lily : cela fait bien les trente-deux messes noires annoncées.

— Oui, me dit-elle, et on les célébra pour des vivants : furent-elles perdues?

Je me tournai vers toton recteur qui venait d'entrer et qui répondit :

— La communion des saints ressemble à un bassin précieux où tombent et se réunissent, comme tous les cours d'eau de la terre vont à la mer, les moindres gouttes de la prière égarée; et ainsi rien ne se perd jamais de l'offrande que les âmes chrétiennes élèvent vers Dieu.

Ce matin, 18 octobre, au moment où je prenais la plume pour achever et lier cette petite botte de récits, je reçus une lettre d'un très spirituel et bienveillant curé, abonné de l'*Univers*, qui me fait une querelle courtoise, mais assez vive, au sujet du nom de mademoiselle Lily et de la mauvaise habitude qu'elle a de tutoyer ses parents. « Qu'est-ce que c'est, me demande-t-il, que ce nom de Lily? Lily n'est pas un nom, et la forme antifrançaise du tutoiement a été inventée par la Révolution. »

J'ai beau me tâter, je ne me trouve sur le corps aucun point sensible à l'endroit de la Révolution. Mademoiselle Lily non plus n'avait pas des idées très « avancées », et la Révolution ne lui avait fait d'autre cadeau que d'écrire plusieurs fois, beaucoup de fois, le nom de sa famille sur des marbres funéraires, après tous les massacres et toutes les persécutions. Je ne veux point ici traiter la question de savoir s'il est convenable pour les enfants de tutoyer leurs parents; de bons esprits désapprouvent cette coutume, d'autres bons esprits la pratiquent.

J'ai tutoyé et respecté mon père et ma mère; mes enfants me respectent et me tutoient; cela prouve peu. Mon excuse, si j'ai péché, vient d'ailleurs; la voici. Je raconte des chosettes que j'ai vues. Quand rien n'y blesse la loi divine, ni la morale humaine, je laisse parler mes personnages comme ils ont parlé.

Quant au nom de mademoiselle Lily, ah! elle l'aimait bien parce que, dans toutes les bouches autour d'elle, ce nom était une caresse attendrie. J'ai répondu à M. le curé, avec le respect qui lui est dû, que Lily par soi veut dire lis et n'a rien d'offensant; mais qu'en fait, c'est l'abréviation usitée en Angleterre pour désigner celles qui ont sainte Elisabeth pour patronne.

Mais pourquoi des Français, des Bretons, vont-ils chercher le nom de leurs enfants en Angleterre?

Ici, me voilà embarrassé, car je suis bien contraint d'accorder à M. le curé (1), par ma réponse même, qu'il ne s'est pas trompé en mettant ce nom de Lily sur le compte de la Révolution. En effet, Lily était le nom de la maman de notre petite amie, et la Révolution avait été un peu la marraine de celle-là en proscrivant sa famille, qui rapportait de l'exil des cœurs ardemment français et quelques habitudes étrangères.

Maintenant, d'ailleurs, et je l'ai dit à M. le curé, ce nom de mademoiselle Lily n'est plus, sinon dans le souvenir de ceux qui le prononçaient avec tant

---

(1) J'ai eu depuis lors d'autres lettres de cet excellent esprit qui m'a fait l'honneur de m'accorder son amitié.

d'amour, car sur la chère petite tombe où j'irai pleurer en septembre prochain, il y a seulement : « Elisabeth-Marie de ***, morte le jour de sa première communion. Priez pour sa mère... »

Et puisque j'ai laissé échapper mon dénouement, qu'importent désormais nos histoires? Lily est morte. Ai-je tué la fin de mon livre? Oh! non! seulement, je me suis créé l'obligation d'y faire place nette, dans les dernières pages, pour que cette angélique figure d'enfant y rayonne à l'aise, entourée de ceux qui l'aimaient.

Aussi bien, les trois récits qui me restaient à lui faire pour accomplir ma promesse et que je résumai pour elle en effet, le lendemain matin, avant mon départ, ne sont que trois actes d'une seule et même comédie du genre lugubre, familière à tous ceux qui ont vécu sur la côte bretonne. Le *Sauveur de prêtres* de Patron-Marguerite contenait l'*Oreille de mer* et les *Treize de la maison carrée*.

L'époque révolutionnaire a laissé deux légendes principales dans nos campagnes de l'Ouest, où elles se produisent sous diverses formes. La première a fourni à Jules Sandeau le motif de sa charmante pièce *Mademoiselle de la Seiglière* : c'est le fermier fidèle aux hommes parce qu'il est fidèle à Dieu, le vrai paysan breton (qu'on ne rencontre plus, il faut bien le reconnaître, à tous les coins de tous les champs), accomplissant avec simplicité son devoir de bon serviteur chrétien, mais dont le dévouement, en face de nos mœurs et de nos habitudes, prend tout à coup des proportions héroïques.

Ce fermier s'appelle de cent noms divers dans nos départements. Je l'ai vu, moi qui parle, et connu, au pays d'Uzel, dans les Côtes-du-Nord. C'était un beau grand bonhomme à cheveux blancs, qui avait acheté *nationalement* dans sa jeunesse le château de L..., appartenant au marquis du même nom. Il avait passé ainsi pendant des années pour un spoliateur, car on ne mâche pas les mots, là-bas, chez nous, et les acqué-reurs de biens nationaux ont eu quelque peine à s'y faire passer pour des modèles de délicatesse.

Quand M. le marquis de L... revint en France, sous l'Empire, il voulut voir ses anciens domaines et entra chez notre bonhomme, qui lui dit comme autrefois :

— Bonjour à vous, monsié marquis et votre compa-gnie, merci, pas mal et vous ? On a un compte à régler ensemble, nous deux, depuis le temps. Vous me devez trente-sept livres douze sous.

M. le marquis ne les avait peut-être pas. Il trouvait d'ailleurs la plaisanterie malséante. Mais on s'expliqua, et quand M. le marquis finit par comprendre que, moyennant ces trente-sept livres douze sous, il allait rentrer dans une grosse part de son bien, je suppose qu'il fut extrêmement reconnaissant. Mon bonhomme à cheveux blancs disait que non, moi, je n'y étais pas.

La seconde légende est celle de l'intendant petit bourgeois avide, jaloux, retors, qui ne croit pas en Dieu parce que « c'est bête », et surtout parce que c'est gênant pour les gens d'esprit qui veulent s'appli-quer le bien des autres. Celui-là prend d'abord et tue ensuite pour garder ce qu'il a pris. Le sauveur ou *pas-seur* de prêtres et d'émigrés est une forme de la légende de l'intendant, particulière aux pays côtiers.

Dans l'intérieur des terres, l'intendant, homme de rapine obséquieuse, relève sa tête de serpent quand ses

anciens maîtres sont tombés dans le malheur, se fait
« citoyen », devient le tyran et le persécuteur de ceux
dont il a mangé le pain, et tout finit par le tribunal
révolutionnaire.

Mais partout où la mer baigne et borde les hérita-
ges, l'histoire se complique d'un autre incident. L'intendant, on peut le dire, est la bête noire des paysans
de Bretagne; au lieu de dénoncer son maître ou son
curé, l'intendant des côtes le *sauve*, et cela revient au
même, tout en rapportant double bénéfice, le profit
d'abord, puis l'honneur. Cet adroit intendant, en effet,
est béni par ceux qui le voient fréter une barque et
partager les périls de la traversée. On tremble pour
lui, car le comité de salut public va bien sûrement
récompenser par l'échafaud son dévouement reconnaissant et charitable; on applaudit à ses généreuses
supercheries; s'il vient habiter le château et s'il achète
les prés, les étangs, les forêts, c'est pour les conserver,
selon la formule, à M. le marquis qui lui devra tout,
sa fortune et sa vie.

Pour peu que mes lecteurs éprouvent aussi quelque
inquiétude par rapport au bon citoyen Le Huy (tel
était le nom de l'intendant dans le récit de Patron-Marguerite), nous devons rassurer ces craintes et déclarer
que, pendant et après la Terreur, il resta toujours en
excellents termes avec Jean-Bon Saint-André et ses suc-
cesseurs, qu'il invitait à dîner en son très bel hôtel ci-
devant le Kergado, à Lorient, et à qui il donnait des
fêtes champêtres en son château du même nom. Tout
ce qui avait appartenu aux Kergado lui appartenait
maintenant, et il disait à sa vieille mère, sainte femme
qui portait toujours son costume de paysanne: « Quand
les maîtres reviendront, rien ne leur manquera. »

A l'époque où la malheureuse expédition de Quiberon fut agitée dans les conseils de l'armée royale, un jeune homme du nom d'Ange-Marie Maheu de Kergado fut envoyé de Londres à M. de Lantivy et débarqua à la Roche-Bernard, d'où il revint vers la basse Bretagne pour conférer avec Côte-de-Cuir et les chefs de paroisse du Morbihan. Ces Kergado formaient une famille exceptionnellement nombreuse : un vrai clan. Le bon citoyen Le Huy, qui était un déterminé sauveur de prêtres et d'émigrés, malgré la faveur dont il jouissait auprès des autorités de Lorient, avait *passé* de sa personne plus d'une douzaine de membres de la famille, et entre autres Ange-Marie lui-même et l'abbé Audoux, son précepteur.

Il arriva ce fait singulier : dès que le bruit du retour de ce jeune Ange-Marie se répandit le citoyen Le Huy quitta son château précipitamment et s'enfuit à Lorient.

En même temps une rumeur prit soudainement cours : on se disait à l'oreille, tout le long de la côte, que, parmi les nombreux ecclésiastiques et gentilshommes sauvés ainsi par le bon citoyen Le Huy, beaucoup n'avaient jamais donné signe de vie. Il fut question d'une industrie sinistre que tout le monde connaissait bien, mais à laquelle la plupart se refusaient à croire. Personne, d'ailleurs, n'était là pour soutenir cette accusation vaguement répandue. N'était-elle point calomnieuse? Et comment la vérifier? Le citoyen Le Huy était le plus doux des cœurs, et ménageait si bien la chèvre et le chou, que les paysans de Kergado le regardaient toujours comme un chrétien timide, forcé par le malheur des temps à dissimuler sa foi, tandis qu'il passait depuis des mois à Lorient pour un très fervent païen.

Patron-Marguerite elle-même ne se prononçait pas sur le compte de cet homme avec sa rondeur ordinaire, à cause de sa vieille mère, la bonne femme Maddo ou Madeleine Le Huy, morte en odeur de sainteté à Carnac, bien des années plus tard.

Un matin de l'an III, peu de temps après la fête de saint Pierre et de saint Paul, dans les premiers jours de juillet, Patron-Marguerite, qui n'était pas encore matelot et qu'on appelait la petite Caïte Cohan, partit de chez son père avant l'aube pour porter la pâtée aux gars et entendre ensuite la messe en plein air de la Genaie-Bihet. Toutes les semaines, trois fois le papa Jouan Cohan était tenu de fournir douze écuellées de soupe et six pots de cidre à la troupe de Côte-de-Cuir, cantonnée dans les *balais*, ou genêts de Bihet, auprès de l'oreille de mer, et c'était Gaïte (pas gênée! disait-elle) qui avait charge de porter ce repas.

Ce matin-là, on avait annoncé que la messe serait célébrée avant le jour. Gaïte avait donc sur sa tête un *cabasson* ou fort panier plat de forme ronde qui contenait le cidre et la soupe.

Avec cela elle marchait leste et droite, bien campée sur ses hanches, en avant des autres jeunes filles de Carnac, pareillement chargées, qui enjambaient les échaliers et sautaient les fossés, dans leurs plus beaux atours du dimanche, malgré les malheurs, à cause de la messe promise.

Il y avait du grand nouveau depuis la Saint-Pierre. Dans la soirée du 26 juin, on était venu dire au bourg que les « messieurs » arrivant d'Angleterre étaient débarqués en deçà du fort de Penthièvre, gardé par les Bleus, à l'endroit où la grève de Quiberon joint la paroisse de Carnac.

Chez Jouan Cohan, on n'avait rien vu, parce qu'il y avait deux bataillons de Sambre-et-Meuse retranchés entre Carnac et Kergado; mais tout le monde savait déjà que M. d'Hervilly avait pris le fort sans combat, et que le gros M. Georges (Cadoudal) était arrivé de l'intérieur par la Trinité, amenant ses gars. Les événements marchaient vite. Une lettre de Mathieu Cohan, le tambour clamant de Lorient, disait que la République allait déménager sur Rennes et faisait ses paquets dare-dare. On ne voyait, écrivait-il, par les rues, que gens à écharpes cherchant des voitures et des chevaux pour emporter leurs butins. Le secrétaire de Tallien avait dit que la Convention était bien malade.

La panique montait comme une marée parmi le peuple, qui ne savait pas ce qu'il devait espérer ou craindre. Le dénombrement des forces royalistes s'enflait en passant de bouche en bouche : ils avaient quatre mille, six mille, dix mille hommes : le régiment de Georges Cadoudal, le régiment d'Hervilly, le régiment d'Hector, composé de marins, celui de Du Dresnay, celui de M. de Roselier, formé d'artilleurs, et de l'argent à tonneaux, et des canons tant qu'ils voulaient, et cent mille fusils pour armer les mécontents, c'est-à-dire toute la campagne bretonne, des sapeurs, des ingénieurs, des commissaires, des intendants...

Mathieu Cohan, qui était d'ordinaire le plus prudent des tambours, poussait la hardiesse, à la fin de sa lettre, jusqu'à exprimer l'espoir de bientôt reprendre sa hallebarde à la cathédrale de Vannes!

Cependant le vieux Jouan Cohan avait dit en achevant sa lecture :

— Les cloches de la cathédrale sont peut-être en route pour revenir, et Dieu le veuille! mais elles ne sont pas encore arrivées, bien sûr, car les Bleus restent le long des étangs et nos messieurs ne muent ni ne bougent là-bas en Quiberon.

Justement le jour où Gaïte et ses compagnons couraient les champs de si bon matin, les messieurs *bougèrent*, et il n'y eut point de messe à la Gcnaie-Bihet, d'où Côte-de-Cuir avait déguerpi. Le comte de Puisaye était arrivé. L'armée royaliste passa sur le corps des Bleus devant Carnac et marcha vers Auray; on prit la position de Landevan; après un combat, on enleva Auray par un hardi coup de main, on aurait enlevé Vannes de même, dont la garnison se retirait déjà sur Ploërmel.

Mais on avait gaspillé les moments précieux de l'occasion. Hoche, qui s'était cru perdu tout d'abord, avait eu le temps de concentrer les forces républicaines. Il accourait de Cherbourg avec les généraux Lemoine et Humbert.

Patron-Marguerite ne racontait pas l'histoire de cette campagne comme les livres, ni surtout comme le livre du fameux comte de Vauban, ce chouan qui prit la plume pour insulter ses amis, ses chefs et le frère de son roi; mais on sentait dans son mélancolique et respectueux récit, bien mieux que dans les pamphlets eux-mêmes, l'effet dissolvant de l'égoïsme anglais et le mortel empoisonnement produit par les dissensions qui divisaient les chefs de l'armée royale.

Ce grand concours d'hommes si dévoués et si braves ne fut pas vaincu par Hoche : il se suicida.

Le premier échec fit éclater le manque absolu d'ensemble et de direction. Les diverses colonnes commandées en chef par M. d'Hervilly (qui était resté de sa personne dans la presqu'île) repassèrent par Carnac le

12 juillet, au moment même où le vaillant Lantivy s'éloignait avec sa troupe et gagnait Quimper. Ce fait peut donner une idée de la profonde désorganisation qui régnait : on était parti en grande force, et ceux qui venaient ainsi se mettre à l'abri illusoire du fort Penthièvre étaient à peine au nombre de 2.000.

Ce nombre, quelques jours plus tard, fut portée à 3.000 par le débarquement du noble et infortuné Sombreuil qui arrivait pour laisser son nom de martyr à un lugubre drame.

On savait dans les campagnes bretonnes l'horrible et superbe histoire du verre de sang de mademoiselle de Sombreuil, et ce nom lui-même, qui semble fait de deuil et de nuit, sonnait comme un présage : Patron-Marguerite disait cela.

Elle vit de ses yeux la bataille du 16 juillet (28 messidor), où les royalistes, qui avaient pu mettre en ligne 3.000 combattants tout au plus, furent écrasés après une héroïque résistance par 18.000 hommes retranchés dans des positions inattaquables. Les Mémoires de Hoche donnent, il est vrai, des chiffres bien différents, mais il est certain que les chefs royalistes jouaient une partie déjà perdue, et qu'après avoir eu pour eux au début toutes les supériorités, même celle du nombre, ils avaient dispersé eux-mêmes leurs forces comme à plaisir.

Après l'action, M. d'Hervilly se retira derrière le fort Penthièvre. Ce poste fut rendu presque sans combat, comme il avait été conquis, par la trahison des mêmes hommes qui l'avaient livré un mois auparavant. On avait commis, en effet, l'incroyable imprudence d'incorporer, sur leur demande, dans les rangs royalistes ces soldats républicains qui avaient vendu la république : ils se revendirent. Quiconque s'est vendu se vendra.

La perte de Penthièvre, suprême barrière, réduisit les royalistes au désespoir. Ici commença le rôle intrépide et malheureux de Sombreuil, qui essaya de défendre la presqu'île avec ses propres troupes récemment débarquées. Il ne connaissait pas le pays; il se laissa acculer au petit fort de Portaliguen, armé contre la mer, et sans protection du côté de la terre.

On capitula le 18 juillet, après un dernier combat auquel prit part l'artillerie de la flotte anglaise. Les gens de Carnac, séparés de la presqu'île par le gros de l'armée républicaine, ne connurent l'étendue du désastre que le lendemain soir, au moment où les prisonniers du régiment de Sombreuil commencèrent à être dirigés sur Auray et sur Vannes.

A l'heure de la veillée, Maddo, la vieille mère de M. Le Huy, vraie bonne chrétienne, commença d'aller de ferme en ferme pour annoncer qu'il y aurait messe à la Genaie, messe d'évêque, et pour dire qu'il fallait porter les trempées aux gars de Côte-de-Cuir, qui étaient revenus à leur campement comme par miracle. Pour cela ils avaient dû passer à travers les lignes républicaines, car, depuis deux jours, le pays était littéralement couvert de soldats.

Gaïte sortit de chez son père, non point de bon matin comme à l'ordinaire, mais un peu avant minuit. La vieille Maddo Le Huy l'accompagnait et l'aidait à porter son grand panier plein à déborder de galettes de blé noir, car on n'avait plus rien dans les autres fermes ravagées, et Jouan Cohan donnait là d'un coup le restant de sa provision.

Elles ne rencontrèrent âme qui vive sur la route, les Bleus semblaient avoir décampé.

Le long du chemin, Maddo soupirait et parlait toute seule, disant : « Je sais bien par où ils sont revenus à la Genaie; Jésus, ayez pitié de nous, je sais bien par où ils son revenus! René Bruslé est le fils de quelqu'un qui servait chez les Kergado, et ils sont douze Kergado maintenant dans sa bande, sans compter le jeune M. Ange-Marie qui fait le treizain... Ah! je sais bien par où ils sont revenus! »

Gaïte avait peur dans cette nuit noire où elle pensait rencontrer l'ennemi à chaque pas. Elle marchait du plus vite qu'elle pouvait et n'écoutait guère, mais enfin, comme on arrivait au pied du mont où commençait la Genaie, elle entendit les dernières paroles de Maddo et leur donna un sens supersticieux :

— Mon cousin Côte-de-Cuir est un chrétien, dit-elle, puisqu'il poussait pour être prêtre. Pourquoi mal parlez-vous de lui, Madeleine? Je suis bien sûre que, même pour sauver sa vie, il n'aurait point fait pacte avec le mauvais.

La vieille soupira plus fort et répondit :

— Ah! ce n'est pas moi qui accuserai personne! As-tu ouï mention, fillette, de ce qu'ils disent sur M. Le Huy, mon cher fils?... Ceux qui accusent seront accusés!

Gaïte ne savait que trop bien l'accusation qui pesait sur le maître actuel du domaine de Kergado. Pourtant, elle répliqua.

— Vous êtes la bonne servante de Dieu, vieille mère; je n'ai jamais rien dit contre votre fils, car ce n'est pas à moi qu'il rendra compte de son trop de richesse; mais vous disiez et répétiez tout le temps : « Je sais bien par où ils sont revenus. » J'ai cru que vous parliez des chemins enseignés par l'esprit malin à ceux qui se renient de leur baptême.

Elles se trouvaient en ce moment à mi-montée de la Genaie dans la petite clairière qui formait le centre du campement ordinaire de Côté-de-Cuir. C'était là même qu'on avait coutume de célébrer la messe, depuis que la paroisse de Belz était fermée, sur une pierre qui avait été consacrée au commencement des malheurs par le saint évêque de Vannes, assisté de deux prêtres proscrits, le jour même où il s'était embarqué par les soins d'Engoulvan. Cette pierre d'autel, qui contenait quelque part, dans une cavité secrète, pratiquée au ciseau, des reliques de saint Cado et de saint Gildas, le sage, s'adossait à l'amas de roches mesurant quinze ou vingt pas de tour dans lequel la tradition plaçait, parmi les broussailles et les ronces, l'introuvable entrée de l'oreille de mer.

Gaïte fouilla du regard l'espace découvert d'abord, puis la forêt des genêts; elle ne vit rien ni personne, et s'apprêtait à questionner la vieille Maddo, quand celle-ci marcha vers la pierre d'autel et passa derrière. Un chant de merle qui semblait lointain et comme étouffé venait de traverser l'air.

— On dirait Marmotte-en-Vie! pensa Gaïte, qui tendit l'oreille pour écouter mieux.

Rien ne se faisait plus entendre, sinon la voix chevrotante de Maddo qui disait :

— Je savais bien, je savais bien!...

Puis quelque chose comme un bruit de verrou grinça. Pour le coup Gaïte crut rêver. Un bruit de verrou! en ce lieu!

Quoi d'impossible pourtant, puisqu'une porte cria en roulant sur ses gonds?

Avant que Gaïte fût revenue de son étonnement effrayé, une ombre se dressa au milieu des roches, puis deux, puis trois, puis vingt, et Maddo s'écria en se tordant les bras :

— Mes bons chrétiens, mes amis chéris, j'ai bien de la peine. Est-ce vrai qu'on a été chercher mon fils Le Huy jusqu'à Kergroise, sous Lorient, pour le punir ici? Il est innocent! n'écoutez pas le mensonge! C'est mon dernier! je n'ai plus que lui. Tuer des nobles! tuer des prêtres! lui! Allons donc! Est-ce que c'est possible! mon fils! mon fils à moi, qui ai donné toute ma vie au bon Dieu et au bon roi!

Celui qui était sorti de terre le premier avait marché jusqu'à elle. Il la prit dans ses bras et la baisa sur la joue en disant :

— C'est vrai, Maddo, vieille mère, vous êtes une sainte femme, vous.

— René! s'écria-t-elle, René Bruslé! tu es le maître, nous sommes sauvés, puisque te voilà!

Il secoua la tête et répondit :

— Non, non, je ne suis pas le maître, ma vieille mère Maddo. Il y a ici un brigadier des armées et un commissaire général... Et il paraît que M. Le Huy, pour acheter toutes les terres qu'il a, a fait la fin de bien du monde.

Maddo chancela sur ses pauvres jambes qui tremblaient.

— C'est menti! s'écria-t-elle, je jure que c'est menti! Il n'a jamais battu un petit enfant!

— Il y a des témoins, ma pauvre bonne femme : l'abbé Audoux est revenu...

— Preuve qu'il ne l'a pas tué!

— L'abbé Audoux l'accuse d'avoir voulu le noyer avec le chevalier de Kergado, le vieux, sous la Jument, devers Larmor...

— C'est menti!

— Le jeune monsieur Ange-Marie est revenu!

A ce nom, Maddo se laissa tomber sur ses genoux en gémissant :

— Ah! Seigneur Dieu! mon fils! mon fils!

— Et ce n'est pas à Kergroise de Lorient qu'on l'a pris, continua Côte-de-Cuir qui était bien triste. Nous n'étions guère dans le cas d'aller chercher quelqu'un jusqu'à la porte de la ville cette nuit. C'est lui-même qui est venu se jeter tête première dans son sort. Il était avec les citoyens au fort Penthièvre, et le secrétaire de Tallien lui a permis de partir avec tous ceux du nom de Kergado qui étaient douze. Il leur a proposé de les sauver dans son lougre de Jersey...

— Tu vois bien, mon René, tu vois bien!

— Attendez, pauvre mère... Les Kergado se méfiaient, et ils ont dit oui pour le prendre au piège.

Maddo se laissa tomber accroupie sur la terre, et René poursuivit encore :

— Le rendez-vous était en bas, dans les roches de la côte, à l'autre bout de l'oreille de mer, dont vous m'aviez montré l'entrée ici parmi les pierres, bonne femme, en me disant comme on dégrafe le verrou qui tient la porte de roche en dedans.

— Et tu me soupçonnes, moi aussi? fit-elle, comme si cette erreur lui eût donné un espoir :

Mais René répondit :

— Non, mère, je ne vous soupçonne pas. On ne soupçonne personne; ce qu'on a, c'est une certitude. Quand les messieurs de Kergado sont venus au rendez-vous, ils y ont trouvé M. Le Huy, non pas seul, mais avec les bleus en embuscade...

Les mains de Maddo grattaient le sol. C'était comme une agonie.

— Nous étions tous ceux de Belz derrière les messieurs de Kergado, reprit encore Côte-de-Cuir. Il y a eu du sang sur la grève. Nous n'avons fait qu'un prisonnier.

— Mon fils?

— Oui....

— Et qu'est-il advenu de lui?

— Vieille mère, nous n'avions pas achevé notre besogne. Les Kergado n'étaient que douze au bord de l'eau. Le jeune M. Ange-Marie est avec M. de Sombreuil, on l'emmène prisonnier à Vannes et nous savons où est le bivouac de leur escorte. Nous allons chercher notre M. Ange-Marie. Les soldats de la république ont honte de leurs maîtres qui ont violé la capitulation criée par tout le monde; les soldats ont promis de dormir si dur cette nuit que M. de Sombreuil et ses compagnons pourront s'échapper à leur aise.

Maddo n'écoutait plus.

— Mon fils! dit-elle; le reste ne me regarde pas : où est mon fils?

Les décharges de mousqueterie qui se font sous terre ont un son qu'on n'oublie jamais quand on l'a une fois entendu. Quelque chose de sourd et de profond retentit, on n'aurait su dire où, et derrière les touffes de genêts on chuchota :

— C'est l'affaire qu'on fait au sauveur de prêtres!

Maddo se roula dans l'herbe comme si les balles eussent criblé son propre corps.

— Mon fils! mon fils! mon fils! cria-t-elle par trois fois. Soyez tous maudits, chouans de malheur! A bas les nobles! A bas les prêtres! Vous mourrez un à un de ma main, je le jure!

— Allez, les gars! commanda Côte-de-Cuir avec

tristesse. En route! au bois du Frettay! Et menez cousine Gaïte en tête... au galop!

Maddo resta seule terrassée et criant son grand deuil au centre de la clairière. Les gars s'étaient lancés sous les balais au pas de course.

Il y a tout au plus une lieue et demie du champ de Bihet aux futaies du Frettay, qui longent la route de Pontivy aux abords de Hennebon. Une heure après, Gaïte Conhan, qui allait en tête, signala les premières sentinelles républicaines à la lisière de la futaie.

Là-bas, sur la côte, on raconte, non sans quelques variantes, l'épisode qui suivit, mais le fond est toujours le même. Côte-de-Cuir nous l'a dit : Les soldats connaissaient leurs *maîtres*, je ne parle pas de leurs officiers, mais des *délégués* à écharpe; les soldats avaient honte d'eux. Tallien surtout inspirait à l'armée une véritable horreur. Si l'on a égard aux nécessités terribles de la discipline militaire, on peut affirmer que notre vaillante armée d'alors, écrasée sous la tyrannie des Tartufes de la liberté, ne fut à aucun degré complice de tant de lâches assassinats.

Nos gars de Belz restèrent tapis sous les ajoncs de la lande, prêts pour agir à l'occasion, et Gaïte entra seule sous la futaie. Il faut se souvenir que c'est de Gaïte Cohan elle-même, devenue Patron-Marguerite, que je tiens ces faits. Elle mettait une journée à raconter ce que je vais dire en quelques lignes.

On la laissa pénétrer jusqu'au lieu où Charles de Sombreuil était couché, enveloppé dans son manteau et entouré de ses compagnons au nombre de 162. Il y avait trois autres *journées* de captifs qui gagnaient Vannes par d'autres chemins.

Gaïte s'était glissée avec beaucoup de précaution,

mais elle n'ignorait point qu'il y avait autour d'elle des yeux ouverts ou volontairement fermés; elle avait entendu chuchoter et rire sous les arbres.

Elle s'approcha du jeune Ange-Marie, qu'elle connaissait comme étant fille d'un fermier de Kergado, et celui-ci lui désigna Sombreuil endormi. Elle rampa jusqu'à lui, l'éveilla et lui dit à l'oreille les propres paroles que Côte-de-Cuir avait dictées. Ces paroles étaient ainsi : « Je viens de la part du commandant de la paroisse de Belz. On vous emmène pour être passé par les armes; Tallien l'a juré. Voulez-vous essayer de fuir? non seulement ce n'est pas impossible, mais c'est facile; ceux qui vous gardent fermeront les yeux, et s'ils se ravisaient il y a quatre cents fusils ici tout près dans les ajoncs. »

On pourrait croire que Sombreuil soupçonna une trahison. Des pièges de ce genre avaient été tendus déjà entre autres pour les trois messieurs de Guichen, qu'on avait incités à s'évader de la prison de Lohéac et qui tombèrent dans une embuscade préparée par leurs prétendus libérateurs. Le citoyen Le Huy n'était pas seul de son métier : mais Charles de Sombreuil n'eut aucune méfiance. Le soupçon ne pouvait entrer dans son âme chevaleresque. Il crut à cette jeune fille inconnue, et s'il repoussa son offre, c'est qu'il croyait également aux promesses de ses ennemis, émus en effet, un instant peut-être, par sa jeunesse et sa bravoure.

Aux époques révolutionnaires, l'élément généreux existe dans les masses, et le grand cœur de la France ne cesse jamais de battre, surtout sous l'uniforme, mais la fermeté manque à ces bons mouvements des soldats : du général au caporal, il y a de l'enfant chez tous ceux qui portent l'épée; tel qui brave la mitraille intrépidement ne sait pas soutenir le regard d'un avocat poltron, mais effronté. Tallien, malgré sa chair de poule, devait tordre ici et fausser mille épées loyales.

Voici une chose plus étrange : Charles de Sombreuil lui-même (le frère de mademoiselle de Sombreuil) subissait pour un peu la contagion grotesque mais terrible des énormes phrases de ce temps. Patron-Marguerite disait qu'au lieu de répondre net, il chanta tout bas une longue romance en l'honneur des âmes égarées par la passion de la liberté, et selon elle, c'était jeter des perles aux bêtes qui n'en mangent pas, car il n'y avait pas pour un sou de liberté dans le fait de ces coquins-là. Bref, Sombreuil refusa et fut assassiné.

Après cinquante ans, Patron-Marguerite avait encore les larmes aux yeux en disant : « Jamais de la vie on n'a vu un si joli fils qu'il était, ni si doux, ni si brave; mais godiche un peu tout de même à force d'avoir de l'honneur, et n'en faut pas comme cela porter de trop quand les Tallien sont lâchés! »

Il n'y eut à prendre la clef des champs que le jeune M. Ange-Marie et trois marins de la Trinité. Les autres firent comme Sombreuil et moururent avec lui.

Côte-de-Cuir se fâcha, il voulut attaquer le Frettay de vive force pour sauver Sombreuil malgré lui.

— Quand il entendra la pétarade, dit-il, ça le mettra en goût et il ne nous laissera pas taper tout seuls!

Mais le moment était passé; le tambour battait déjà sous la futaie et l'escorte se formait en colonne, sur l'ordre du secrétaire de Tallien.

Quand les gars de Belz revinrent bien tristes à la Genaie-Bihet, il faisait encore nuit; il y avait une nappe étendue sur la pierre d'autel et deux cierges brûlaient

au-devant. Ils étaient là maintenant les treize de Kergado au complet en comptant le jeune M. Ange-Marie,
et cinq prêtres parmi lesquels se trouvait Mgr l'évêque
de Dol avec l'abbé Audoux. Ils devaient tous partir à
la marée sur le lougre du citoyen Le Huy, caché dans
les roches, car la mâture s'en démontait comme on
voulait pour la commodité de la contrebande; à Jersey,
ils ont des chantiers tout exprès pour fabriquer ces
voleurs de bateaux-là. Le citoyen Le Huy était payé
d'avance au moment où, le soir précédent, il avait
essayé de livrer à leurs bourreaux ceux qu'il s'était
engagé à sauver; dernière *affaire* dont il était mort,
car c'était bien lui qu'on fusillait quand sa mère
Maddo, pauvre bonne chrétienne, avait entendu l'ex-
plosion souterraine dans la genaie. Il ne l'avait pas
volé, et cependant que Dieu fasse paix à son âme!

Maintenant que M. Le Huy était défunt, Maddo toute
seule savait où le lougre était remisé dans les rochers
du rivage. Ordinairement elle était toujours la première à l'autel, avant même le prêtre, car c'était elle
qui gardait les vases sacrés et fournissait tout ce qu'il
faut pour célébrer; mais aujourd'hui on la chercha en
vain, et Gaïte, déjà bien lasse, fut obligée de courir
jusqu'à la ferme où la ménagère de Jouan Cohan ser-
rait dans son armoire ce qu'on avait sauvé de l'ancienne chapelle de Saint-Cado, entre les étangs.

La marée approchait, on n'avait plus guère que le
temps, quand l'évêque de Dol se revêtit. En un clin
d'œil la clairière fut pleine, et il y avait encore du
monde sous la genaie qui était semblable à une forêt,
car la coupe avait plus de quinze ans.

C'était ce moment qui précède le jour et où la nuit
est plus noire. Il n'y avait point de lune au ciel. Les

deux cierges brillaient dans cette ombre et n'y éclai-
raient rien, sinon la blancheur de la nappe d'autel et
le vénérable visage du prêtre couronné de cheveux
blancs. La messe fut dite au milieu d'un recueillement
muet. Il y avait une grande tristesse et un plus grand
courage. Quand les gars bougeaient, on entendait
bruire leurs armes contre lesquelles sonnaient les
grains de leurs chapelets.

Après l'évangile, au moment du prône, l'évêque
recommanda le roi, les princes, les prêtres proscrits et
tous ceux qui étaient dans le cas de souffrir martyre
pour leur foi, puis il continua le saint sacrifice. Marmotte-en-Vie, blessé d'un coup de sabre à la tête, servait
la messe avec son fusil couché devant ses genoux, et
tout le monde répétait les répons dans cette nuit pieuse
où la prière invisible était comme la force de Dieu
même soutenant la faiblesse des hommes. Au *Sanctus*,
du côté de Belz qui est à l'est, une ligne moins sombre
commença de paraître à l'horizon; le vent se levait,
annonçant la mer montante.

A ce moment, c'est-à-dire vers l'élévation de l'hos-
tie, les genêts s'agitèrent tout à coup et Gaïte sortit du
fourré pour dire à voix basse :

— Méfiez-vous! ceux du fort Penthièvre viennent
par les Pierres-Levées.

Marmotte-en-Vie ramassa son fusil, et l'évêque
abrita le saint corps de Jésus sur sa poitrine. En même
temps, le merle chanta de proche en proche, depuis
les pierres de Carnac jusqu'à la clairière, et Côte-de-
Cuir, qui était à genoux, se leva disant bien doucement :

— Attrape à te patiner, les gars, sous les balais et
défendez le Saint-Sacrement!

Car on commandait un peu à la marin, si près qu'on était de la côte. Mgr l'évêque fut enlevé comme **par** enchantement, avec tout ce qui craignait profanation sur l'autel.

— Ah dame! ah! dame! disait ici Patron-Marguerite, on aimait bien le roi, mais on aimait encore mieux le bon Dieu, je ne mens pas!

Il n'y avait pas là une seule créature vivante qui ne se serait fait hacher en mille morceaux pour garer les saintes hosties. Les bleus montaient en rang; de crânes soldats qui croyaient bien faire. Côte-de-Cuir descendit à eux tout droit, en rang aussi avec les anciens du séminaire. Ceux-là ne se cachaient jamais. Le temps de faire chacun son signe de croix, voilà les batteries qui tictaquent de tous côtés, et pif et paf! on tirait à volonté. Les cierges étaient éteints, mais les genêts s'allumaient.

La décharge des bleus fut comme un coup de canon : ils étaient trois cents, commandés par l'officier **qui** avait fait la chanson de la *Marseillaise*. On dit qu'il n'était pas méchant.

Le cadet de la Bédoyère était tout seul en avant de ceux qui entendaient la messe. Il n'avait que son épée. Il chargea le premier, tête nue, et se mit à chanter l'*O salutaris hostia* d'**un**e mignonne voix de demoiselle qu'il avait. Il n'avait pas fini sa crue et allait sur ses seize ans : bien joli cœur il était.

Les bleus se battirent dur et ferme avant de tourner casaque; il en resta dix-huit dans l'herbe, dont deux, un sous- lieutenant et un soldat, demandèrent la sainte confession. Ça arrivait souvent, et nos gars les embrassaient en pleurant.

La Bédoyère, le pauvre enfant chéri, fut ramassé

sous les morts et dura vivant jusqu'à la fin de la messe où il communia pareil à un ange, et puis mourut. Il avait eu cinq balles pour sa part, et jamais vous n'avez vu quelqu'un si bellement sourire...

Que votre règne arrive, ô mon Dieu! Entre tous les fléaux dont le souvenir navre le cœur, il n'en est point qui soit cruel à l'égal de la guerre entre frères! Et l'esprit terrifié se demande quel sera dans l'éternité le supplice des malheureux qui, travestissant la notion de la charité divine, se sont servis de ces grands mots : liberté, égalité, fraternité, pour égarer les consciences troublées et pour opprimer les droites consciences!

Je vais avoir accompli toutes les promesses, faites si gaiement naguère à mademoiselle Lily, quand j'aurai dit l'embarquement des treize Kergado partant pour Jersey avec Mgr l'évêque de Dol, et à qui le bon citoyen Le Huy avait préparé un bien plus long voyage.

Les premiers rayons d'un jour d'été, brumeux et orageux, vraie matinée de Bretagne, glissaient dans la genaie au moment où la messe s'achevait, car on l'avait reprise. Maddo Le Huy apparut tout à coup dans la clairière et déposa sur le sol, non loin de l'autel, un sac d'argent.

Elle avait l'air d'une déterrée et ses cheveux gris se hérissaient autour de son crâne qui fumait au froid du matin.

— J'ai porté le corps de M. Le Huy mon fils dans mes bras, dit-elle, jusque chez lui en la maison carrée de Kergado. Je n'avais plus que lui, je n'ai plus rien; que Dieu ait pitié de mon âme. Un instant j'ai pensé à me venger de vous tous par votre mort...

Côte-de-Cuir l'interrompit en la baisant au front et lui dit :

— Vieille mère, voici l'heure du « bon de l'eau ». Il faut nous indiquer le lieu où est caché le lougre que nous ne saurions trouver par le brouillard.

Maddo le repoussa, mais sans violence, et fit le signe de la croix. Deux larmes coulèrent de ses yeux, tout rouges au milieu de sa face livide, et il semblait ainsi qu'elle pleurait du sang.

— Je ne dois rien, dit-elle en poussant du pied le sac; voici l'argent qui était le prix du passage et je vous le rends.

Il y eut un long silence, car nul ne songeait assurément à la contraindre par la force, et le temps passait. Maddo marcha vers l'évêque et s'agenouilla devant lui; il la bénit silencieusement. Maddo se releva.

Derrière l'évêque était le jeune M. Ange-Marie, blessé dans le dernier combat.

Maddo lui dit :

— Je suis née sur Kergado, il y a soixante-neuf ans; mon homme défunt était né sur Kergado, et défunts tous mes sept petits aussi. Moi, mon homme et mes petits, nous avons mangé votre pain, mon maître. Celui d'entre mes fils que j'aimais avec un grand orgueil, M. Le Huy, était devenu riche par péché, je n'en savais rien et je suis plus durement marrie de son péché que de sa mort. Mon jeune maître, pardonnez-lui et priez pour lui par la compassion que vous avez de moi, votre pauvre servante.

Elle chancela, Ange-Marie la soutint dans ses bras et elle essayait de baiser ses mains comme malgré elle.

— J'étais fière, moi aussi, reprit-elle. Je n'ai jamais courbé ma tête que devant Dieu et devant ceux de votre sang... Ne vous impatientez pas, René Bruslé, mon ami, fils de mon ami, tout ira bien, j'ai fait plus d'une besogne depuis que mon chéri de M. Le Huy a rendu son âme à son juge. Le lougre est gréé-paré. Les marins de Jersey y sont, attendant tous les Kergado et Mgr l'évêque. Ils sont payés. Moi, je n'ai pas besoin d'argent. Que l'argent soit maudit! Je vous demande de pardonner au pécheur qui est mort.

Il y eut un grand nombre de voix qui dirent : « Je pardonne, » car outre ceux qui était *revenus* malgré le bon citoyen Le Huy, beaucoup de gens étaient là, dont les parents ou les amis avaient été *sauvés* par lui.

Maddo appela du geste Côte-de-Cuir d'une part, Ange-Marie de l'autre, et s'appuya sur eux fortement car ses jambes ne la soutenaient plus.

— Pas par là, dit-elle, en voyant que René se dirigeait vers l'entrée de l'oreille de mer. Je n'aurais pas cru ceux qui accusaient mon fils, M. Le Huy, si je n'avais vu de mes yeux. J'ai vu. Lui seul avec moi savait qu'en levant le loch de l'étang du haut, toute l'eau s'en va dans l'oreille de mer pour le cas où les gabelous se rendraient maîtres du passage souterrain. Ce n'est pas moi qui ai levé le loch, c'est donc lui, car l'oreille de mer est noyée, et vous deviez y passer pour gagner le bateau. C'est une grande et noire trahison. Je fais ainsi devant tous la confession du malheureux défunt, et plût à Dieu Seigneur qu'il l'eût faite lui-même!

— C'était un grand criminel, dit l'évêque.

— Chrétiens! s'écria Maddo, priez pour lui, et demandez avec moi qu'il soit enterré dans la terre bénie du cimetière.

Le jeune M. Ange-Marie se tourna vers l'évêque de Dol, qui le prévint et dit :

— M. l'abbé Audoux a assisté le condamné au dernier moment; il sera fait comme cette infortunée femme le désire.

Maddo fit effort pour se redresser.

— Bien des remerciements de votre bonté, dit-elle; à présent, poussez de l'avant, si vous voulez.

On se mit en marche aussitôt du côté de la mer. Le jour commençait à être grand et le soleil levant se sentait à travers le brouillard.

Dans le Morbihan, quand on fait la levée des corps, un des parents « prêche le lament, » c'est un reste des coutumes antiques. Ce n'est pas un chant tout à fait, mais c'est plus qu'une parole, soit qu'une seule personne improvise la naïve oraison funèbre, soit que plusieurs des assistants prennent leur tour de rôle, disant chacun un couplet de la « chanson de misère, » comme on appelle aussi ces funèbres propos.

Maddo allait bien plus vite et mieux qu'on n'aurait pu l'augurer. Elle se tenait droite et faisait de grands pas, maintenant qu'elle était assurée qu'on enterrait son fils chrétiennement.

Bien bas d'abord, elle commença de *prêcher 'le lament*, selon la mode, coupant son discours en manières de strophes, qui avaient je ne sais quel rythme indécis.

« Bonjour à tous, disait-elle, les petits et les grands, je n'avais plus qu'un fils. Dieu bénit la pauvreté. Sait-on à quel prix se paie la richesse? Il n'y avait point de poches à la robe sans couture du Sauveur Jésus, qui a pitié de tous les pêcheurs.

« Bonjour à tous, et salut à votre compagnie. C'est tant pis pour ceux qui n'écoutent pas leur bon ange, vous le saurez. Les temps sont mauvais, le bon Dieu se cache. Je n'avais plus que mon fils. Héla! héla! C'est vrai vraiment!

« Il était né de gens de bien, Pierre Le Huy et moi, ayant maison bâtie en roches et de la terre entour. Sainte-Anne d'Auray, j'ai du mal plein mon cœur.

« On eut deux gars et une fille, et une fille encore et deux gars, et la fille qui vint morte, et *mon fils*, à la fin de tout. Héla! Dieu! Sept vivants! me voilà pourtant seule! Héla! hélà! héla! Est-ce vrai?

« Il nous mourut un gars, une fille, une fille, un gars, et le père nous mourut. M. Le Huy, mon fils, avait le château. Le dernier nous mourut, et la dernière. Je n'avais plus que *mon fils*.

« Chrétiens, ce n'est pas vous que je crois, quand vous accusez mon fils. J'ai été le chercher au fond de l'oreille de mer, je l'ai trouvé couché dans son sang, je n'avais plus que lui.

« Neuf balles, neuf trous qui saignaient en dedans. Il vivait avec cela, car il m'a dit : Maman, j'ai péché, rends la richesse... »

Maddo s'arrêta de parler et de marcher.

A droite du sentier qui descendait à la mer, une masse grise se dressait dans le brouillard. C'était la maison carrée de Kergado, où demeurait feu M. Le Huy avant d'habiter le château : *son* château.

— Entrez, par charité, mes amis, dit Maddo, il est là. Je l'ai apporté dans mes bras toute seule, lourd qu'il était, et par après, j'ai été au cimetière creuser la fosse de mes mains pour que l'évêque et nos messieurs lui mènent sont pauvre convoi sans se déranger, car c'est sur leur chemin. Le lougre est mouillé dans le trou de Penmeneur.

Le jour avançait. Côte-de-Cuir voulait poursuivre sa route à la course, ayant charge du prélat à sauver, des prêtres et des gentilshommes, mais Maddo se mit à genoux devant l'évêque, qui dit :

— On a promis, il faut tenir.

Et tout le monde entra dans la maison où le citoyen Le Huy était couché sur son propre lit, avec un crucifix sur sa poitrine de criminel. On leva le corps avec les prières d'usage, et comme on manquait de cercueil, le mort fut emporté dans son vêtement.

A la tête du convoi marchait Mgr l'évêque de Dol, et derrière lui le jeune M. Ange-Marie avec l'abbé Audoux, qui étaient tous les deux au nombre de ceux que le « sauveur de prêtres » avait essayé de noyer.

Le mort fut mis dans une fosse ébauchée à fleur de terre, qui était entre la sépulture de son père et la fosse de son frère aîné, deux honnêtes gens; Maddo dit : « Je la *foncerai* de mes mains comme de mes mains je l'ai entamée. Je n'avais plus que lui. »

Après les prières qui ne furent pas longues, car on entendait des coups de fusil vers la Trinité, Maddo vint jusqu'au jeune M. Ange-Marie et se tint debout devant lui, les yeux baissés, mais le front haut.

— Kergado, dit-elle, donnant cette étrange explication que je cite textuellement d'après les paroles de Patron-Marguerite (Gaïte Cohan) qui était là présente, Kergado, notre monsieur, mon fils Le Huy n'était pas méchant comme il y en a, mais il avait mené vos affaires. Il connaissait votre richesse et il *l'aimait*. Pour l'avoir il a risqué son âme. Il l'a eue, j'entends la richesse. Une fois l'ayant, il l'a aimée davantage, puisqu'elle était à lui. Mais il croyait encore à Dieu malgré lui, et il savait bien que l'injustice ne durerait point et que la République finirait. Il pensait : « Les maîtres viendront redemander leur bien... » Or, deux jours avant le premier de l'an, on lit l'évangile selon saint Matthieu, où l'on voit les saints innocents mourir... Mon fils M. Le Iluy fit comme Hérode poursuivant le nouveau-né, roi des juifs. O Jésus! pardonnez-lui, puisqu'il a été puni sur la terre et que le restant de ma vie sera donné pour lui en grande pénitence... Il s'était dit : « Le temps mauvais aura beau finir, si je les ai tous tués avant la fin, aucun ne viendra me reprendre ma richesse... » Kergado, notre monsieur, le temps n'est pas fini, mais voilà mon fils Le Huy dans la terre, et j'ai sa dernière parole au fond de mon cœur. Il a dit : « Rendez la richesse. » Vous aurez la richesse parce que je vous la garderai tant que je vivrai, et après ma mort, par mon testament, vous aurez tout et encore la maison qui était à moi avec son entour... Allez maintenant et merci, mes amis.

Elle étendit la main vers la côte. Le vent avait balayé la brume. On apercevait les hautes voiles du lougre, qui manœuvrait pour quitter son havre mystérieux.

Côte-de-Cuir commanda le départ, et quand la troupe arriva à la grève, les chaloupes du lougre y étaient déjà.

Maddo, restée seule avec Gaïte, *fonçait* la fosse de son fils Le Huy, qu'elle recouvrit d'un peu de terre.

Ce jour-là même elle s'en fut à Hennebon, de son pied, acheter une bière et la rapporta sur son dos. M. Le Huy y fut couché des mains de Maddo. Elle ne mit rien sur la fosse refermée, sinon une croix de bois, que les gens de Carnac arrachaient sans cesse et que sans cesse elle replantait. Cela dura longtemps, car Madeleine Le Huy mourut dans une extrême vieillesse, à la fin de l'Empire ou même au commencement de la Restauration.

M. le marquis Ange-Marie de Kergado, qui était

riche par elle, car elle avait tenu sa promesse et *tout*
rendu, fit maçonner une tombe où le fils et la mère
étaient réunis. Le nom de Le Huy, vingt fois gravé
sur la pierre de cette tombe et vingt fois gratté, n'a
jamais pu y rester. La pierre est toute rayée de bles-
sures marquant les places de ce nom arraché, et si
vous interrogez les enfants jouant sur le chemin,
devant le palis du cimetière, ils vous répondront :
« C'est là oùsqu'est la sainte madame Maddo, je ne
vous mens pas, avec son Judas de *fieu* qui *sauvait* les
prêtres, à les *n*eyer, au temps de malheu... »

Tout ceci fut raconté par moi à mademoiselle Lily
le lendemain seulement et je donnai dans mon récit
beaucoup d'importance au rôle de Gaïte Cohan, car
Lily s'amusait de tout son cœur à voir ma grave et
digne propriétaire, Patron-Marguerite, remplacer tout
à coup ses cheveux gris hérissés en brosse par de
belles boucles blondes, éparses au vent de sa course,
et aller toute jeune fillette, toute jolie, à travers bois,
à travers landes, par les champs, par les grèves, portant en équilibre sur sa tête souriante vingt et trente
écuellées pour les soldats de la croix, et passant comme
un tourbillon de gaieté fidèle sous la pluie des balles
qui jamais ne l'effleurait.

Lily me disait : « Encore un petit peu de Gaïte et
de Côte-de-Cuir ! »

J'en sais long là-dessus et, sans mon départ forcé,
je lui aurais raconté des volumes.

Avant d'arriver à mon départ du Mont-Saint-Michel,
je dois dire que, le soir même de ce jour, M. le curé
de B..., l'oncle de Lily, mon ami respecté, celui que
nous avons appelé tonton recteur, vint faire visite aux

bons Pères à l'heure de la récréation qui suit le dîner.
Nous étions tous réunis sur la terrasse qui est devant
le portail de la basilique, et le digne P. supérieur nous
montrait l'emplacement où, lors des fouilles, fut retrouvé le tombeau du grand abbé Robert de Thorigny.
Le soleil d'été se couchait en splendeur derrière les
côtes de Bretagne, dans un ciel orageux. Il y avait
des nuages qui montaient du midi, envahissant l'horizon peu à peu, noirs, frangés de bleu ardoise avec
des arêtes empourprées; ils détachaient leurs silhouet-
tes sur champ d'émeraude comme un long vol d'oi-
seaux géants se hâtant vers le nord, et au moment où
cette cohue ailée masquait tout, confondant le lointain
de la mer avec les lointains de la terre et du ciel, le
soleil, prêt à disparaître, trouva une longue fente où
passer, et jeta, sur le paysage soudainement ressuscité
de son ombre, un dernier, un éblouissant regard.

M. le curé s'approcha de moi qui regardais émer-
veillé, et me tira à l'écart.

— Ma pauvre sœur est bien malheureuse, me dit-il.
Nous avons reçu tantôt une mauvaise lettre de mon
neveu Auguste, très mauvaise. Il est perdu de parti
pris et se vante de sa perdition à sa mère elle-même,
sans réfléchir qu'il lui perce le cœur. Mon frère le
commandant est parti pour le retrouver.

— Et mademoiselle Lily sait-elle cela? demandai-je.

— Lily est supérieure à son âge, me répondit le
curé; est-ce tant mieux? est-ce tant pis? On ne peut
rien lui cacher. Elle a dit à sa mère : « Ne pleure pas,
Auguste nous reviendra, j'en suis sûre : j'ai promis
quelque chose à saint Michel... »

Le lendemain elle était vraiment mieux. C'était
plaisir que de lui conter des histoires. Ce fut chez elle,

et vers midi, que je reçus la lettre qui me rappelait. Comme je l'embrassais pour prendre congé, elle me dit :

— Monsieur, prie le bon Dieu pour Auguste, puisque tu es bien pieux, et viens nous voir au château en retournant à Paris. Je suis guérie, tu me trouveras dans le jardin jouant au cerceau comme une belle petite fille...

Je promis, je ne tins pas, et je revins à Paris prendre ma chaîne sans avoir visité le beau château de B...

Vers le milieu du mois d'octobre, comme j'écrivais les premières pages de la troisième partie de ce petit livre, on m'annonça un matin la visite du commandant comte de B... J'interrompis la ligne commencée pour courir au-devant de lui. Il me tendit les bras, il avait des larmes dans les yeux, et il était en grand deuil. Je balbutiai :

— Mademoiselle Lily est morte?

Il ne me répondit point, mais je fus obligé de le soutenir tout chancelant qu'il était. Il n'avait point d'enfants, et mademoiselle Lily était sa filleule. La tendresse qu'il lui portait ressemblait à celle d'une mère, et depuis qu'elle était malade, elle vivait en quelque sorte dans ses bras.

Quand je l'eus assis sur le canapé auprès de moi, il fit effort pour parler et dit tout bas :

— Nous l'aimions trop...

— Comment ne l'aurait-on pas aimée; m'écriai-je.

Il prit dans son portefeuille une petite médaille de saint Michel qu'il m'offrit, en disant :

— Elle a pensé à vous.

— Ah! fis-je en portant la médaille à mes lèvres, saint Michel ne nous a pas exaucés!

Il sanglotait : cela l'empêchait de parler, et pourtant je voyais qu'il voulait contredire à mes derniers mots. En effet, dès qu'il put articuler une parole, il dit à travers ses larmes :

— Elle a été exaucée, *elle!*

Puis il ajouta, comme s'il eût fait cette question malgré lui :

— Est-il vrai que, dans sa dernière maladie, votre respectée sœur, mademoiselle N..., offrit sa vie pour votre retour à Dieu?

— Oui, répondis-je, cela est vrai.

Et tout de suite après croyant comprendre et saisi d'un étonnement qui était de la colère, je m'écriai, parlant de cette chère petite Lily :

— Elle me l'avait presque dit, le premier jour, en sortant de la messe... Mais c'est impossible! Dieu ni ses anges ne peuvent prendre au mot les pauvres petits cœurs qui s'égarent! Comment! ce serait pour ce misérable examen de Saint-Cyr!...

Le commandant secoua la tête avec lenteur.

— Il ne s'agissait plus de l'examen de Saint-Cyr, me répondit-il. Lily avait demandé autre chose au sanctuaire. Je ne vous ai pas dit qu'il y ait eu miracle, nous ne sommes pas juges à cet égard. Je dis que mon neveu Auguste était tombé très bas. Vous vous souvenez que je quittai le Mont pour courir à Paris, près de lui. Il m'aimait autrefois; je comptais sur ma vieille influence. Je me trouvai en face d'un cœur qui avait vieilli de vingt ans en quelques semaines : front d'airain, lèvre sarcastique, impudent sourire : Satan aussi opère de ces transformations extraordinaires qui pourraient passer pour les miracles du mal! Il était là entouré de mauvais conseils, de mauvaises lectures, il se montrait fier du chagrin qu'il faisait, il avait l'enthousiasme de sa chute.

Je lui refusai l'argent qu'il me demandait pour l'employer aux plus détestables usages. Il me menaça d'aller en chercher à B... même, chez sa mère.

Et il vint à B..., et il n'y vint pas seul.

Une scène lamentable eut lieu. Mon frère le recteur fut insulté, et ma pauvre sœur elle-même qu'on avait arrachée du chevet de Lily mourante... Ah! Paris nous les rend ainsi trop souvent! Six mois auparavant, c'était un cher enfant qui eût donné de son sang pour épargner une douleur à sa mère!

Il s'en alla triomphant avec l'argent qu'il avait arraché à madame de B..., notre vieille tante, qui fut trop faible, et il promit de ne point s'en tenir là...

Cela se passait à la fin de septembre. Mademoiselle Lily faisait comme si elle eût tout ignoré, et peut-être ne savait-elle rien, car Auguste, qui l'aimait véritablement, s'était contenu en sa présence.

Il y avait bien longtemps qu'elle connaissait à fond son catéchisme, texte et explications; elle souhaitait avec ardeur de faire sa première communion. L'autorisation qu'on en avait demandée à l'archevêque de Rennes arriva le 29 septembre, jour de Saint-Michel, et comme elle ne pouvait plus se lever du tout, il fut convenu qu'on lui donnerait le bon Dieu dans son lit, le mercredi 2 octobre, fête des SS. Anges; mais, le mardi matin, elle assura qu'elle pourrait se lever, et tout le pays fut mis en l'air, car elle voulait des bouquets, des guirlandes, et que la chapelle du château fût ornée comme jamais cela ne s'était vu. Le docteur conseilla de faire ce qu'elle souhaitait.

— On la portera, dit-il, jusqu'à la sainte table.

Et je la portai, en effet, non pas une fois, mais deux, car, dès le soir du mardi, elle demanda à voir si la chapelle était bien jolie. C'était un nid de fleurs. En entrant, elle m'embrassa et me dit !

— C'est cela ! c'est cela ! Agenouille-toi pour moi.

Nous restâmes longtemps à admirer et à prier. Il y avait à droite de l'autel un tableau représentant sainte Elisabeth, sa patronne, et le miracle des roses. Les jeunes filles de la paroisse avaient disposé une montagne de feuillages et de fleurs au-dessous du tableau, de telle sorte que les roses ruisselant du vêtement de la sainte semblaient tomber en fraîches ondes jusqu'au sol qu'elles couvraient. Lily ne pouvait se lasser de regarder cela. Nous étions tous autour d'elle et nous l'écoutions qui disait :

— Saint Michel ne m'a pas oubliée, je sens en moi la bonté de Dieu. Saint Michel est le premier fidèle de Dieu, c'est pour cela qu'il est le prince des anges, et la fête des Saints Anges est encore sa fête. Priez bien avec moi et pour moi, comme je prierai pour vous. C'est demain que je serai heureuse, c'est demain que saint Michel m'exaucera !

Ah! certes, chacun de nous priait, et de tout cœur. Je n'ai jamais cessé d'être chrétien, Dieu merci, mais ma tendresse pour cette enfant-là élevait ma foi et me mettait plus près de la pensée du ciel. Ce sentiment n'est pas mort avec Lily, au contraire. Je la sens autour de moi comme un autre bon ange, et chaque fois que je parle d'elle, j'ai confiance.

Le lendemain, ce fut elle qui éveilla sa mère et toute la maison. Son impatient désir ne lui avait point permis de fermer l'œil. Elle était si joyeuse qu'elle se croyait **guérie.**

Chez nous, la chapelle est grande. On y célébrait les offices pendant la reconstruction de l'église paroissiale, et tout le pays y tenait. Lily avait une inquiétude, c'est qu'il n'y eût pas assez de monde à ce qu'elle appelait sa fête. Elle aurait voulu la chapelle plus petite pour être sûre au moins de la voir bien remplie.

La messe que mon frère le curé devait dire pour sa première communion était à huit heures. Lily était prête avant sept heures, tout habillée de mousseline blanche sur son lit et si jolie! Nous la trouvions plus grande, et je crois en effet qu'elle avait beaucoup grandi dans sa dernière maladie. Sa mère, sa bonne et la femme de chambre avaient réuni leurs soins pour lui composer une parure de première communiante simple, fraîche et qui lui allait à ravir. Elle priait joyeusement, remerciant Dieu de tout et les larmes de son allégresse mouillaient à chaque instant son sourire : Jésus! son Jésus chéri qu'elle avait tant souhaité était en route pour venir à elle; elle disait cela en riant et en pleurant; elle l'appelait, elle mettait son nom sur nos joues qu'elle couvrait de baisers.

— Et voyez! suis-je fatiguée? Vous disiez qu'on ne pourrait jamais m'habiller! Me voilà habillée très bien, et je n'ai pas l'ombre de lassitude. Mon Dieu! que je suis heureuse!

La dernière fois qu'elle m'embrassa avant de se lever, elle glissa à mon oreille :

— J'ai quelque chose à te dire et à maman... Ah! je suis heureuse, heureuse! C'est certain, vois-tu, ce que je sais, mais je veux attendre après ma communion pour être plus sûre encore. Cette nuit, les saints anges étaient autour de mon lit. Je ne dormais pas, et pourtant je voyais ma chambre large comme une plaine, et ils étaient si nombreux qu'ils emplissaient la plaine. Et il y en avait encore au delà, partout, partout. Leurs ailes nageaient dans la lumière. Et au-dessus il y en avait encore, de beaux, des chers anges, montant, descendant, remontant jusqu'au ciel. Ils n'avaient pas l'air de me parler, mais je les entendais bien tout autour de moi qui disaient : « C'est notre fête, c'est ta fête, nous serons avec toi devant l'autel. Saint Michel archange, notre prince, a recueilli ta prière dans le creux de ses ailes pour la porter au trône de l'Agneau. »

— Tu as fait un beau rêve, ma chérie, dis-je.

Elle ouvrit la bouche comme pour protester, mais elle se ravisa et me dit tout bas :

— Mon parrain, tu as raison, ce n'est peut-être qu'un rêve... On verra après ma première commu-nion.

La bonne entra pour dire que le monde arrivait, car nos voisins avaient été convoqués par exprès.

— Et M. le recteur a envoyé son buffet d'orgue, ajouta-t-elle, on est en train de le monter dans la tri-bune.

— Tout cela pour moi! murmurait Lily dont la joie coulait en grosses larmes. Je suis bien sûre que maman va tenir l'orgue et chanter comme aux grandes fêtes. Sa voix, sa belle voix n'est plus pour les hommes, elle l'a donnée à Dieu... Parrain, va chercher maman, je t'en prie. Il est temps. Il faut que tout soit fait comme pour les premières communions. Je veux mes bénédictions, et demander pardon à tout le monde.

— Pardon de quoi, Lily, mon petit ange?...

Elle eut cependant ce qu'elle voulait; ma sœur vint,

et tous les domestiques, et les fermiers. Et ce ne **fut** qu'un cri : « La bonne figure qu'elle a! La bonne figure qu'elle a! »

Vous avez vu nos fermiers au pèlerinage du Mont-Saint-Michel où ils venaient pour elle; vous savez comme ils l'aimaient. Ils la regardaient toute rose et toute belle dans son nuage de gaze. « La bonne figure qu'elle a! la bonne figure qu'elle a! »

Je pus la mettre à genoux pour la bénédiction que lui donnait sa mère, et quand les cloches de la paroisse sonnèrent pour la procession, nous roulâmes sa chaise longue jusqu'à la croisée ouverte sur la terrasse. Au bas de la terrasse, c'est le parc où est tracée une large allée courbe qui va jusqu'à l'église dont le petit clocher se voit à travers les arbres.

La procession paraissait déjà au coude de l'allée, croix et bannière en tête. On la devinait longue, et il y avait beaucoup de prêtres, quoique ce fût dimanche. Ah! on l'aimait! Ils étaient venus de partout. Derrière le clergé, nombreux comme on ne l'avait jamais vu chez nous, venaient les premiers communiants du printemps précédent, non seulement ceux de B..., mais aussi ceux des paroisses voisines. Je vous dis qu'on l'aimait. Il y avait au moins cinquante voiles blancs, et il en était venu jusque de Vitré. Il fallait voir sa joie. Elle battait des mains, disant :

— C'est une vraie! une vraie procession! une vraie communion! Et quel beau soleil! Mon Dieu, **que** je vous aime!

Les cloches sonnaient toujours et l'on commençait d'entendre l'écho des cantiques. Quand la croix tourna pour entrer dans l'avenue, Lily se leva toute seule et je la soutins sous les bras, car je vis bien qu'elle voulait s'agenouiller. Elle aurait pu le faire sans moi; un vrai courant de vie rentrait en elle, et ma sœur m'embrassa en silence, ce qui disait son espoir mieux que des paroles. Moi, je rendais grâce ardemment.

Tout le monde était à genoux dans la chambre, Lily par devant, accoudée à l'appui de la fenêtre. La procession montait le perron de la terrasse en chantant le *Laudate pueri Dominum*, et nous nous mîmes à chanter aussi : « Enfants, louez le Seigneur. » Nos âmes coulaient de nos lèvres et par-dessus notre concert, sa voix, sa douce petite voix s'exhalait, suave comme un parfum.

— Il est temps, dit-elle, il faut que nous arrivions à la chapelle avec les autres.

Elle me tendit ses bras, et j'en eus comme une déception, car je croyais qu'elle allait marcher; elle me devina et dit en souriant :

— Attends, ce n'est pas encore le miracle.

Nous rencontrâmes la procession au seuil de la chapelle, les robes blanches ouvrirent leurs rangs.

— Maintenant, me dit-elle, c'est maintenant.

Je la déposai au milieu de ses compagnes et je restai près d'elle, les bras tendus, prêt à la soutenir, mais *elle marcha*, chantant avec les autres *Quis sicut Dominus Deus noster qui in Altis habitat...*

Saint Michel avait crié dans les cieux : *Quis ut Deus?* Il régnait ici un recueillement si profond que les versets du psaume semblaient planer au-dessus de nos têtes.

Nous étions dans la chapelle où les fleurs et l'encens mêlaient leurs parfums. Il y avait du monde, comme on dit, bien plus qu'il n'en fallait pour la remplir, car une bonne part de la procession resta au delà des portes grandes ouvertes. Lily me dit :

— Je n'aurai pas besoin de toi jusqu'à la communion, mais reste avec moi, je t'en prie; après, tu me prendras.

De sorte que j'étais seul d'homme au milieu de toutes ces blanches petites filles; mais cela ne prêtait point à rire, ni même à sourire, parce que Lily avait voulu m'avoir en uniforme. Des soldats font bien dans la maison de Dieu.

Je me tins derrière elle dans le rang, et derrière moi étaient les bonnes sœurs. Mon frère disait la messe. Au commencement, les deux petites voisines de Lily, qui avaient été prévenues, veillaient sur elle de chaque côté; mais elle se tint debout toute seule à l'Evangile, et moi qui suivais chacun de ses mouvements à travers ma prière, je ne découvrais en elle aucun signe de lassitude.

Or, dans la cruelle maladie qu'elle avait, ce qui est surtout impossible aux pauvres enfants, c'est de se tenir debout, ne fût-ce qu'un instant. Vous ne pouvez pas vous méprendre, puisque vous savez que Lily est morte, et qu'il n'y eut point de miracle, ou du moins que le miracle ne fut pas là; mais nous, mais moi, mais ma sœur à qui notre médecin sceptique et si tendrement ami faisait de loin des signes émerveillés!

Ma sœur me dit le lendemain : « Dieu ne m'a pas trompée. » Ah! moi, je m'étais trompé moi-même, je l'avoue. Ce n'était plus de l'espérance que j'avais au plein de mon cœur, c'était une joie qui débordait. Lily, ma chère petite Lily! Oh! comme je priais!

« *Qui est pareil à Dieu?* dit en ce moment mon frère le curé debout devant l'autel et tourné vers les enfants, *Quis ut Deus?* L'ange de la fidélité jeta ce défi humble et superbe pour répondre précisément à l'esprit de

révolte qui avait dit : « Je veux être l'égal de Dieu. »
Il n'y a ici qu'une première communiante, mes
enfants, et vous l'entourez de vos cœurs purs où Dieu
est déjà depuis ce printemps. Qui est comme Dieu?
Vous pouvez le lui dire, puisque vous le savez, puisque vous l'avez reçu dans votre maison et que son
divin cœur a été le pain de votre cœur. C'est aujour-
d'hui la fête des bons anges et de saint Michel, leur
prince, vainqueur de l'orgueil. Notre première com-
muiante est venue avec nous au Mont dans le sanctuaire du chevalier céleste, elle en a rapporté le désir
extraordinaire de s'agenouiller à la sainte Table avant
l'heure fixée, et par l'intercession de saint Michel,
Notre-Seigneur a permis qu'elle obtînt cette grâce qui
nous semble aujourd'hui comme la promesse d'autres
grâces depuis longtemps implorées. »

Mon frère s'arrêta parce que la joie gonflait sa poitrine. J'entendais ma sœur qui pleurait et la chapelle
entière vibrait d'émotion. La tête de Lily se pencha
et resta inclinée. Il n'y eut point d'autre allusion faite
à nos espoirs terrestres, et mon frère, poursuivant la
tendre application de son texte à la solennité qui nous
réunissait dans la chapelle de famille, rapetissa le cri
de l'ange à la taille des enfants et leur demanda :
Qui est comme Dieu? Quel homme ou quelle chose,
quelle multitude d'hommes ou quelle montagne de
choses, fussent ces hommes des héros ou des saints,
fussent ces choses de l'or pur, de la puissance, du
génie, de la gloire, qui ou quoi est capable de peser
contre Dieu le poids d'un cheveu dans la balance?

Et par comparaison, les enfants comprenaient très
bien la grandeur de Dieu. Et ils furent touchés quand
mon frère leur montra cette grandeur infinie penchée

au-dessus de leur petitesse et frappant à la porte de leur cœur pour y entrer tout entière.

Le souvenir de cette heure ne mourra jamais en moi, et pourtant, il y a un trouble au-devant de mes yeux quand je regarde en arrière. Je priais ardemment, mon cœur débordait; mais je ne puis dire que ce fût de joie. Après l'événement, on croit souvent l'avoir pressenti. Notre chérie, la plus charmante de tous les enfants, n'était pas un enfant par de certains côtés. Il y avait un secret entre elle et saint Michel, porteur de sa prière à Dieu.

La messe continuait.

O salutaris hostia!... Pendant que ma sœur chantait à l'orgue, il y eut un mouvement confus dans la partie de la chapelle formant retour derrière la chaire, et qui communique avec les appartements par une porte latérale. La porte est située dans un enfoncement assez profond, et ce lieu, où il n'y a ni bancs ni chaises, était plein aujourd'hui comme tout le reste. Un instant, le bruit fut assez fort pour attirer mon attention. Je regardai, je vis des têtes s'agiter autour de la porte ouverte, puis refermée, et je pensai que la chaleur avait occasionné quelque accident. Lily ne prenait point garde à cela. Elle avait les mains jointes en extase.

Elle marcha vers l'autel, quand le moment fut venu, à son rang et sans secours. Je dis « elle marcha », parce que je ne sais pas d'autre mot, mais ce fut à ce moment que toute pensée de guérison physique m'abandonna, ainsi que la préoccupation où j'étais sans cesse de guetter ses mouvements pour la soutenir. Elle n'avait plus besoin de moi, je la sentais portée.

Mon Dieu, nulle créature humaine n'est digne **de**

prendre part à ce festin, nulle âme n'est assez pure pour la pureté de ce mystère qui est le chef-d'œuvre de votre amour... Je distinguai sa bien-aimée voix entre celles de toutes ses compagnes quand elle dit au Seigneur Jésus, dans une caresse qui était déjà du ciel : « Je ne suis pas digne de vous recevoir en moi... » O blanche! ô douce petite fiancée! Jésus passa entre ses lèvres et mes genoux fléchirent. Mon cœur défaillait de tendresse, comme il arrive aux mères quand l'époux emporte l'enfant chérie hors de la maison, qui était hier pleine de sourires et qui va se refermer vide sur le deuil...

Ce fut un autre que moi qui reçut Lily dans ses bras, car je crus bien la voir chanceler en se relevant de la table sainte, au moment où j'y prenais place à mon tour, et ce bruit dont j'ai parlé se renouvela vers la porte latérale. Presque en même temps le *Magnificat* d'actions de grâces éclata, chanté par toute l'assistance. Ma sœur était toujours à l'orgue.

Après ma communion, mon regard alla tout de suite vers l'orgue, parce que j'avais besoin d'être rassuré. Quelque chose avait dû se passer. Ma sœur me fit un signe de triomphe, et sa voix admirable montait par-dessus toutes les autres voix, élevant jusqu'aux cieux le cantique de l'Immaculée.

Mes yeux suivirent ses yeux, et je vis alors celui qui soutenait notre chérie au lieu de moi. C'est *mon neveu Auguste*.

C'est la fin. Je n'ai plus que cela à vous raconter. Auguste, le malheureux enfant, était arrivé par le train de Paris un peu après l'entrée de la procession. Il venait accomplir une mauvaise action et n'avait déjà plus toute sa raison, malgré l'heure matinale.

Presque tous les domestiques étaient à la messe; il ne s'en fit pas moins servir à déjeuner comme en pays conquis. Il n'était pas seul. Ai-je besoin de vous dire ce qu'était son compagnon? Vous savez aussi bien que moi jusqu'où peut aller la stupidité du blasphème. A table, un défi fut porté par le compagnon, qui dit à Auguste : « Je parie que tu n'iras pas trinquer à la chapelle avec ton oncle le curé? »

Auguste se leva, et les serviteurs restés au château l'ont dit : il était ivre, il était fou. Il frappa ceux qui voulaient lui barrer le passage et son camarade lui-même, enfin, effrayé de l'attitude provocante qu'il venait de prendre dans une maison pleine de chrétiens, ayant voulu faire retraite en disant que « c'était pour plaisanter », Auguste le traita fort mal et lui reprocha tout haut sa lâcheté.

— Tu ne sais hurler que de loin,—lui dit-il; si tu n'as pas peur des curés, nos voisins et mon oncle le commandant te donnent la chair de poule. Moi, je me moque de tout; viens seulement avec moi, tu vas voir comment on s'y prend, et tu seras chargé de raconter l'histoire à Paris!

Car au fond de toute profanation se trouve maintenant l'espérance que « l'histoire sera racontée ». La gloire est dans le ruisseau, ils vont l'y pêcher.

Pour ne pas rester au-dessous de sa promesse, Auguste s'engagea dans le corridor qui mène à la porte privée de la chapelle. Il avait le chapeau sur la tête, la serviette au cou et portait avec fierté un verre plein de madère dans sa main. La porte où il arriva ainsi était encombrée de monde comme les autres issues; il y avait là de nos amis et des gens de la maison,

Auguste essaya d'entrer de vive force et il y eut un peu de bruit. L'idée d'un sacrilège pouvant être commis par quelqu'un de notre nom ne vint cependant d'abord à personne; mais les deux MM. de R..., ayant mieux regardé Auguste et s'étant rendu compte de son état d'ivresse, essayèrent de le maîtriser. Il leur résista, puis les insulta, et l'aîné des deux frères fut obligé d'user de sa force supérieure pour lui arracher successivement son chapeau, sa serviette et son verre, car on était en dedans de la porte. Dans la lutte, Auguste le toucha au visage à plusieurs reprises et chaque fois il lui disait :

— Je vous soufflette, vous savez, pour tout de bon; emportez ça à la sacristie!

Ceci se passait aux environs de l'élévation, et l'orgue couvrait le bruit. M. de R... dit à Auguste :

— C'est votre mère qui chante.

Et on profita du moment pour l'entraîner au delà du seuil; mais tout n'était pas dit, au contraire sa colère augmentait, il vomissait des horreurs contre mon frère le curé et moi, deux jésuites, deux tyrans, deux menteurs, deux voleurs; il nous accusait de tous les crimes; il appelait à grands cris son camarade, qui était déjà sur la route de la gare, ce dont je suis loin de le blâmer.

Malheureusement, quand la porte fut refermée, MM. de R... l'abandonnèrent aux gens de la maison pour rentrer dans la chapelle. Au bout du corridor, Auguste parvint à s'échapper, et, prenant son élan furieux, il se rua contre ceux de la porte qui ne songeaient plus à lui. Il passa.

Dans la nef, beaucoup de chaises étaient vides à cause de la communion. Il y eut une seconde d'hési-

tation, parce que la crainte d'un scandale lamentable
étreignit toutes les poitrines. Auguste put atteindre
un espace que les communiants avaient laissé libre à
quelques pas de la balustrade, et là, nulle puissance
humaine n'aurait été capable de l'arrêter dans son
misérable dessein. Aussi ce ne fut pas une puissance
humaine qui l'arrêta.

Il resta un instant immobile, appuyé au dossier
d'une chaise. C'était le moment où Lily, entourée de
ses compagnes, s'agenouillait. Auguste la regarda et
tomba sur un genou; je dis bien : il tomba, ce fut
une chute par perte d'équilibre; il essaya de rire, puis
de se relever, mais sans parler, puis il mit ses deux
mains à terre et colla son front contre la dalle en
poussant un seul gémissement.

Lily communiait. Quand elle chancela en se relevant de la sainte Table, ce fut contre la poitrine d'Auguste qu'elle s'appuya souriante et disant : « Je savais
bien que tu viendrais. »

Puis elle prononça le nom de saint Michel; et ce fut
tout. L'archange au dix-neuvième siècle écrase encore
la tête du dragon, comme il le fit au commencement,
comme il le fera jusqu'à la fin des siècles.

Il est de pures tendresses et des âmes choisies que
Dieu cueille en leur fleur; on les voit s'élever comme
la flamme du sacrifice d'Abel. Lily s'en alla sans nous
dire le secret de sa prière d'enfant au sanctuaire du
Mont-Saint-Michel. Sa mère et nous tous nous avions
fait le pèlerinage pour elle, mais dans la crainte de
l'effrayer (ainsi parlions-nous), on avait mis en avant
Auguste et son examen de Saint-Cyr.

A cette époque, Auguste était déjà perdu; nous es-
périons que Lily n'avait point connaissance de cette

chute si cruellement profonde... Que demanda-t-elle au plus puissant parmi les esprits célestes, à celui qui adora le premier le Verbe de Dieu, fils de Marie, rédempteur du monde au milieu de ces luttes inimaginables qui divisèrent les anges avant la naissance des hommes?

L'enfant, la douce, la pauvre, la chère enfant ne demanda rien pour elle-même; quelle grâce donc implora-t-elle du vainqueur de Satan?

Satan avait ravi une âme, et c'est le glorieux Michel qui, réalisant la fable d'Orphée dont son immortelle bataille contre l'enfer est le type supérieur, antérieur et permanent, va chercher mille fois chaque jour le Mal jusque dans sa forteresse de ténèbres, le provoque, le terrasse, et lui arrache sa proie, sous l'œil du Monde, faux témoin qui voit, mais qui nie.

L'enfant avait dit dès le premier jour : « Je serai exaucée », et nous ne nous étions point mépris au sens de ces mots, où il n'était nullement question d'elle-même. Plus tard, elle dit encore : « Je vais être exaucée », et certes, notre pensée était déjà bien loin de l'examen de Saint-Cyr! Aujourd'hui enfin, sans surprise et avec le tranquille bonheur de ceux qui attendent dans la certitude, elle tombait entre les bras de son frère secrètement, mais si ardemment appelé, en exhalant ce souffle de sa foi : « Te voilà, je suis exaucée ».

Ce fut Auguste qui l'emporta. Auguste s'agenouilla devant sa mère... Ah! celle-là! ce qu'il y avait dans son pauvre cœur!

Lily ne savait déjà plus qu'elle parlait quand elle dit en passant le seuil de sa chambre : « Maintenant saint Michel m'attend. » Jésus, mon Dieu! j'eus une pensée de révolte. Vous seul savez, mon Dieu Jésus, comme elle aimait et comme on l'aimait. Que votre volonté soit bénie!

Elle mourut quelques minutes avant midi, dans sa robe blanche, les yeux au ciel, la main dans les mains de sa mère, la joue sur le cœur racheté d'Auguste. *Laudate, pueri, Dominum, laudate nomen Domini...*

Le commandant se tut. Nous pleurions, lui et moi, mais nous avions le cœur bien haut.

Pour moi, cette chère petite fille n'avait fait que passer comme un lueur souriante et charmante. Pourquoi l'aimais-je si tendrement? En écoutant naguère sa douce voix qui disait la légende de l'*Oisange*, je ne me doutais point que j'écrirais son histoire, et quand j'ai commencé d'écrire son histoire, je n'en prévoyais point le dénouement. Dès la première heure pourtant, elle fit naître en moi l'impression qui me reste d'elle, une joie et une douleur.

Son frère Auguste est revenu à Dieu humblement et sincèrement; il est revenu de très loin, de plus loin encore que je ne puis le dire. Dans la croyance de la famille de B... il est certain qu'un prix héroïque fut prodigué pour cette grande grâce de son retour. L'Eglise ne veut point que les chose de ce genre soient affirmées en dehors de son autorité souveraine et je me tais avec respect.

Est-ce à dire que l'Eglise réprouve la pensée même de ces sacrifices, comme le paradoxe d'un spirituel écrivain le laissait entendre naguère? Assurément non. Il y a quelques mois, je publiais mon livre intitulé la *Première communion*, qui est encore le récit d'un sacrifice. Au milieu des pieux encouragements qui accueillaient cette prière en action, une voix amie s'éleva pour me crier : « Halte-là! » et me faire remarquer que cette pensée du sacrifice chrétien, depuis longtemps démodée, portait en soi quelque chose de souverainement incommode pour les personnes honorables dont la vocation n'est pas de se sacrifier. Je dois avouer que je ne fus ni persuadé, ni arrêté; ce fut au lendemain même de cette mercuriale que j'amenai aux lecteurs de l'*Univers* Mademoiselle Lily, petite âme chérie que j'avais entrevue à peine, mais qui reposera dans le repli le mieux abrité de ma mémoire, comme ces fleurs du souvenir qu'on retrouve desséchées entre les feuillets d'un pieux volume et qui semblent revivre quand on les approche de ses lèvres...

FIN

Paris. Imp. d'Editions, 9, r. Edouard-Jacques. 5-28